DAVID

Madeleine Chapsal est née à Paris en 1925. Romancière, dramaturge et journaliste – aux *Échos* puis à *L'Express* jusqu'en 1978 –, elle a également été membre du jury du prix Femina de 1981 à 2006. Elle est l'auteur de nombreux ouvrages dont *La Maison de Jade*, *L'Homme de ma vie*, *Journal d'hier et d'aujourd'hui* ou encore *David*.

Paru dans Le Livre de Poche :

À QUI TU PENSES QUAND TU ME FAIS L'AMOUR ?
LES AMIS SONT DE PASSAGE
L'AMOUR N'A PAS DE SAISON
LES AMOUREUX
LE BONHEUR DANS LE MARIAGE
CALLAS L'EXTRÊME
CE QUE M'A APPRIS FRANÇOISE DOLTO
LE « CERTAIN » ÂGE
C'EST TOUT UN ROMAN !
LA CHAIR DE LA ROBE
CONVERSATIONS IMPUDIQUES
DEUX FEMMES EN VUE
DEUX SŒURS
LA FEMME À L'ÉCHARPE
IL VINT M'OUVRIR LA PORTE
L'INDIVISION
JEU DE FEMME
LA MAISON DE JADE
MÉFIEZ-VOUS DES JEUNES FILLES !
LA MORT RÔDE
LE RETOUR DU BONHEUR
LES ROSES DE BAGATELLE
UN AMOUR POUR TROIS
UNE BALLE PRÈS DU CŒUR
UNE FEMME HEUREUSE

MADELEINE CHAPSAL

David

FAYARD

ISBN : 978-2-253-17402-8 – 1re publication LGF

À Jean-Marc Vallet,
qui m'a accompagnée et
soutenue pour me donner
le courage d'écrire *David*.

Après tout, je ne suis pas le seul à devoir mourir. Ce n'est pas comme si on m'avait injustement puni, jeté au cachot, à l'eau et au pain sec. Non, tout le monde devra y passer un jour.

David Servan-Schreiber,
On peut se dire au revoir plusieurs fois.

1

Ce jour de l'été 2011, pour la première fois depuis mes quinze ans, j'ai cessé d'écrire. Plus rien ne me venait, ni courrier, ni journal, ni texte littéraire… Je me mis à dessiner, à jouer à des jeux vidéo, aux échecs. Écrire m'était devenu impossible, j'avais la gorge nouée. Or, quand j'écris, les mots passent par mon larynx et par ma bouche avant d'être tracés à la main ou tapés sur l'ordinateur.

Que s'était-il passé qui justifie cet étranglement ? Ce subit refus de continuer ce qui jusque-là faisait ma vie : l'écriture ?

La réponse m'apparut comme évidente : le dimanche 24 juillet, à l'hôpital de Fécamp, David était mort.

Mort, le mot lui allait si mal. Même quand j'avais su qu'il rechutait, un an plus tôt, je n'y avais pas cru, David, mon « fils de cœur », allait à nouveau trouver des solutions à son mal, continuer à nous enseigner comment faire confiance à notre corps, puisque corps et âme possèdent, répétait-il, le pouvoir naturel de se guérir.

Même quand il nous a dit « au revoir », qu'il est devenu pratiquement muet, je pensais, avec son cercle rapproché, qu'il allait en quelque sorte « ressusciter ».

Puis, ce dimanche de juillet, à l'hôpital où il s'était fait conduire en ambulance pour une séance de chimio supplémentaire, il s'est éteint.

En seigneur.

« Au dernier moment, je lui tenais la main, m'a confié son frère Émile. David ne parlait plus, il avait les yeux fermés, soudain il a repoussé ma main… pour la reprendre ! Il voulait que ce soit lui qui décide de me tenir la main en cet instant, et non l'inverse… » – Sans doute afin d'affirmer que c'était bien lui qui avait décidé de partir.

Le savoir ne m'a pas soulagée, encore moins consolée.

J'ignore ce qu'il en est du chagrin de ceux, nombreux, qui aimaient David, lui étaient reconnaissants de leur avoir permis de l'approcher, auxquels il avait fait du bien, transmis quelque chose de ce génie particulier qui l'habitait, exprimé de l'amour. Aucun deuil n'est communicable ni ne se manifeste de la même façon.

Pour ce qui est du mien, il m'a coupé la parole.

Aujourd'hui, si je m'y remets, serait-ce que David attend de moi que j'écrive sur lui, puisque écrire est mon seul savoir-faire ? Je sens en tout cas que je ne pourrai m'atteler à un nouveau texte qu'après avoir transcrit ce que ce « fils » disparu a été pour moi, ce que nous avons vécu en commun, ces rares moments qui n'ont été qu'à nous deux. Sans que cela ôte quoi que ce soit à aucun d'entre les siens, proche ou lointain, qui le pleure aujourd'hui.

Mon amie Françoise Dolto me l'avait dit : « On ne devrait jamais souffrir de jalousie ! Ce que tu vis avec quelqu'un, ne fût-ce qu'une heure, un mois, un an, n'appartient qu'à vous seuls et ne ressemble pas à ce que les autres peuvent vivre avec lui. Tout échange d'un être unique avec un autre, qui lui aussi est unique, reste sans équivalent. »

Voici donc ce que j'ai vécu d'unique avec David.

2

Lorsque j'ai rencontré l'homme qui allait être mon mari et, vingt ans plus tard, le père de David, c'était à Megève, sous l'Occupation. JJSS partait rejoindre de Gaulle en Afrique du Nord, il avait dix-sept ans. Quand je l'ai revu, en 1945, sous l'uniforme de lieutenant de l'armée de l'air, Jean-Jacques était déjà l'homme entreprenant, courageux, rayonnant de charme et d'intelligence qui allait imaginer, puis fonder *L'Express.* Et bouleverser plus d'un cœur, à commencer par le mien.

Je souhaiterais publier un jour les magnifiques lettres d'amour qu'il m'écrivit à l'époque, car elles témoignent d'une grandeur et d'une spiritualité qu'on ne lui soupçonnait pas ; découvrir cette profondeur de sentiment qu'il a transmise à David m'a liée à lui pour toujours. Ces quelques extraits en donnent le ton :

Ma chérie, un voyage inimaginable commencé à Milan à 7 heures du matin, vendredi, continué à pied (avec valises), voiture à cheval, taxi, autocar, finalement camion-citerne ; arrivée à Air France 5 minutes avant le départ. Dont 4 (minutes) que j'emploie à te donner mon âme d'ici comme de partout ailleurs ; à te remercier pour tout l'amour que tu as mis dans tes lettres trouvées au Noailles *et qui m'ont fait oublier tous les obstacles terrestres.*

Au revoir, mon amour, à tout à l'heure, de partout dans le monde. Je t'aime et tu es le but unique de mon combat.

Beaulieu, jeudi matin.

Au milieu de toute cette beauté, calme et repos, je ne cesse de t'adorer et d'avoir mal de ne pas être avec toi. Ce pays est un paradis magnifique et enchanteur.

Le cadre idéal pour l'amour statique. Pourquoi le nôtre ne serait-il pas aussi statique, de temps en temps ?

Pas de nouvelles de toi. Je continue à me réveiller en adorant la vie qui m'a permis de te découvrir. Une oasis dans un grand désert, sans carte de navigation ; l'explorateur ne sait comment manifester sa joie, son infinie reconnaissance à la nature pour l'avoir guidé contre tous les hasards.

Alger, 1946.

Il faut apprendre à connaître qu'il y a d'autres mondes que celui que nous comprenons, d'autres pensées et d'autres logiques. Il faut se résigner à ne pas vouloir l'humanité heureuse en notre temps, et se satisfaire d'un progrès vers le but. Il faut savoir que si l'expérience nous a enseigné à mépriser la guerre, d'autres peuples en découvrent maintenant l'enthousiasme et l'unité d'esprit. Il faut agir et penser avec toute la complexité de l'amour réel, se garder de la rigueur de l'esprit. Il faut croire à de multiples et changeantes vérités, combattre au jour le jour et aimer en son cœur autre chose que soi-même. Il faut créer.

Je crois que je n'ai de réel courage que par toi, dans cette nuit de la terre.

En 1947, nous nous sommes mariés à Paris à l'église de l'Annonciation, pour ne plus nous quitter pendant treize ans.

Puis nous avons divorcé – du moins légalement.

Les raisons en furent multiples. JJSS allait vers la politique, ses fastes, ses dissimulations, ses illusions, son pouvoir… Je préférais la littérature pour sa musique, et la psychanalyse dans l'espoir d'y trouver ma vérité. Quête sans doute tout aussi illusoire que de vouloir, comme mon jeune époux, transformer le monde, mais plus modeste, et réduite, car je n'ambitionnais que de me changer moi. Dans le seul souci de trouver et conserver, si possible, ma liberté de penser et de m'exprimer en ne dépendant de personne – sauf, évidemment, de mes passions… Ce qui est aussi une forme d'esclavage, comme j'allais douloureusement le découvrir.

Longtemps nous n'avons voulu d'enfants ni l'un ni l'autre, tant nous étions absorbés par nos cheminements respectifs qui, s'ils demeuraient sur le fond indissociables, allaient en divergeant sur le plan amoureux.

Jean-Jacques avait besoin de multiplier ses rapports aux femmes, comme il sied souvent au sexe masculin, ce qui lui était facile, vu sa position et son charisme. Moi, en revanche, je cherchais depuis toujours l'amour unique et fidèle. Or, si Jean-Jacques ne désirait pas me quitter, il ne pouvait, au fil de ses aventures, m'accorder ce qui m'aurait assuré le bonheur et la paix du cœur.

Quelque chose me disait que nous ne pouvions pas continuer à vivre dans cette dysharmonie – même si aucune dispute, aucune scène n'avaient lieu entre nous.

Surgit alors le problème des enfants. Il se confirma que, suite à une primo-infection tuberculeuse, je ne pouvais en avoir. Et si mon jeune mari – il avait alors trente-cinq ans – ne m'en parlait pas, la pression montait autour de lui : ses frères et sœurs étaient déjà père et mère, quant à ses parents ils se rongeaient d'impatience et de chagrin à l'idée que leur merveilleux fils pût rester sans descendance.

Chez nous, un après-midi où je le sentais triste, quasiment muet, sur une impulsion je lui proposai le divorce. À ma surprise et aussi mon désappointement, il accepta sur-le-champ : « C'est une idée », me dit-il.

JJSS avait prouvé qu'il savait mettre en pratique les idées sitôt conçues, et en un temps record notre divorce fut prononcé…

Même si nous allâmes au tribunal main dans la main, j'en souffris et lui aussi.

Son père, Émile, qui avait du cœur, m'envoya une lettre que j'ai conservée pour me remercier de cette décision qu'il savait être mienne.

Quelques mois plus tard, Jean-Jacques épousait une ravissante jeune femme de vingt ans, Sabine Becq de Fouquières, laquelle eut la générosité de comprendre et d'admettre ce qui nous liait, JJ et moi, et, refusant la rivalité, choisit d'être mon amie.

Sabine, d'une intelligence vibrante, allait s'occuper sans relâche de ceux de tous âges qui l'entourent, pour les aider à se créer du bonheur ou à le préserver, par sa tendresse, quand le malheur s'avance.

À peine un an plus tard, David naissait.

3

En repensant au choc que représenta pour moi sa naissance, ce qui me vient, c'est un échange entre David et moi, quelque trente ans plus tard…

Devenu professeur en psychiatrie, alors qu'il venait de découvrir le pouvoir guérisseur de la méthode du EMDR[1] et qu'il commençait à s'y mettre, David proposa de l'expérimenter sur moi. Il m'expliqua que faire longuement bouger les yeux du patient de droite à gauche puis retour, en déplaçant une baguette ou rien qu'un doigt, permettait d'avoir accès à une zone du cerveau qui a enregistré nos émotions les plus traumatiques et profondes. Après un temps d'action

1. « Eye Movement Desensitization and Reprocessing », thérapie mise au point par Francine Shapiro à la fin des années 1980 et fondée sur les effets bénéfiques des mouvements oculaires.

plus ou moins long dans le silence, on peut arrêter le mouvement de la baguette suivie par le regard et demander au patient d'exprimer sans censure ce qui lui vient à l'esprit et aux lèvres.

Comme souvent en ces années-là, nous étions seuls dans ma maison de l'île de Ré à travailler chacun à nos œuvres en cours, pour ne nous réunir qu'au moment des repas. C'est l'après-déjeuner quand David tire une chaise face à la mienne, se saisit du bâtonnet qu'il est allé quérir dans le jardin et me demande : « Songe à un événement de ton existence qui t'a fait souffrir… »

S'il y en a beaucoup, une impulsion, peut-être longtemps refoulée, me traverse et je lui réponds du tac au tac : « Ta naissance ! »

Je revois encore son air ahuri, ses grands yeux bleus écarquillés : « Quoi ? » Il n'y avait plus là de professeur ni de thérapeute, mais un beau jeune homme – il ressemblait de plus en plus à son père – qui m'aimait, que j'aimais et qui ne comprenait pas comment ni pourquoi sa venue au monde avait pu me traumatiser au point que cela me revienne spontanément, en réponse à sa question, près de quarante ans plus tard.

Alors je lui racontai.

Dans les semaines qui suivirent le départ de JJSS de l'appartement où nous avions vécu plus de dix ans ensemble, je me retrouvai du jour au lendemain dans une solitude que je n'avais pas imaginée. Non seulement toute mon ex-belle-famille s'écarta de moi, mais aussi une grande partie des amis que nous avions en commun. Il paraît qu'il en est ainsi après bien des divorces : les gens se croient obligés de choisir un camp, et celui de JJSS, patron de *L'Express*, était de toute évidence plus attractif que le mien.

Je restais liée à lui, mais le nouveau marié n'avait plus guère de temps pour moi entre sa jeune femme, qui venait de tomber enceinte, et *L'Express* qui requérait d'autant plus son attention qu'il avait demandé à Françoise Giroud, alors directrice de la rédaction, de s'éloigner pour raisons privées. (Il la rappellerait un an plus tard en m'expliquant qu'elle était la seule à pouvoir le remplacer au journal dont il désirait se libérer pour se lancer en politique.)

Ce jour-là, 21 avril 1961, comme à mon habitude j'étais solitaire dans l'appartement vide lorsque, à vingt et une heures passées, on sonne à ma porte. Quelqu'un ! Je me précipite pour ouvrir à ce visiteur bienvenu, quoique inattendu ! Merveille supplémentaire : c'est Jean-Jacques avec un énorme bouquet dans les bras. Il vient me voir et, en plus, il me fleurit ! Mais il n'entre pas, il demeure sur le palier, les yeux brillants, et me lance : « Pussy (il m'appelait ainsi), j'ai un fils ! » Puis il me dépose le bouquet dans les bras, m'embrasse et repart en dévalant les escaliers.

La porte refermée, seule avec un bouquet si gros qu'il a eu du mal à la passer, j'éclate en sanglots.

Je n'ai plus de mari, je n'ai pas de compagnon, je n'aurai jamais d'enfant.

Tout venait de m'être retiré, de surcroît, par l'homme de ma vie, y compris même l'avenir. À l'époque, je n'avais pas écrit de livres – le premier date de 1973 –, je n'étais que journaliste et gagnais ma vie comme employée de mon ex-mari.

… David m'écoute, ses mains et sa baguette posées sur ses genoux, je sens son immense capacité de compassion. Il est près de pleurer… D'un coup, le comique de la situation m'apparaît et je me mets à rire : « Tu sais, mon David, par la suite il ne m'a pas fallu longtemps pour comprendre qu'en réalité ce jour-là était l'un des plus beaux de ma vie, et que tu allais peu à peu combler le vide de mon manque d'enfant… La preuve :

aujourd'hui, nous sommes ensemble, tellement proches que j'ose même te sortir cette énormité : le fait que ta naissance m'a fait souffrir ! Reste qu'on peut l'interpréter de façon positive : toute mère qui met au monde ressent les douleurs de l'accouchement. Même si elles n'ont été que symboliques, c'est à ton propos que j'ai eu les miennes : à ce compte, tu es bien mon enfant ! »

Et nous voilà tombant dans les bras l'un de l'autre.

David prenait fortement dans ses bras ceux à qui il désirait manifester son amour ou son amitié. Son étreinte, debout, était longue : avec lui on sentait notre double corps quitter le sol.

Mais il n'oublia pas ma violente et cruelle sortie ! Quand il avait envie de faire rire un auditoire, restreint ou nombreux, il racontait l'histoire de son premier essai sur moi du EMDR, lequel ne se renouvela pas, et il ajoutait : « Je crois bien que je suis le seul psychiatre au monde à qui son patient a dit : "Votre naissance a été pour moi un sacré traumatisme ! Tâchez donc de m'en guérir !" »

Ni l'un ni l'autre ne pressentions qu'il me ferait, dix ans plus tard, subir pire : mourir avant moi.

4

David ne resta pas longtemps fils unique : vingt mois plus tard naissait Émile, puis vint Franklin et le dernier-né, Édouard, le chouchou de tous, dont ses frères. David, lui, était le dauphin, le petit prince, celui qui avait rompu le drame de l'infécondité et sur les épaules de qui reposait l'espoir des générations précédentes. Comme il était très entouré, il n'avait nul besoin de moi et je le vis peu, à l'époque : sa mère, sa grand-mère, son père, sa nourrice se relayaient auprès de lui, fascinés par ses grands yeux bleus, et par son sérieux. D'où lui venait-il ?

« Nous avons le pressentiment de notre destin », me disait rêveusement Françoise Dolto. David avait-il celui du sien ? En tout cas, il était d'une gravité impressionnante pour son âge – ce qui n'empêchait en rien les fous rires et les bêtises entre copains et cousins qui décontenançaient les adultes –

Vincent Ferniot en raconte de belles ! : David « chimiste », David « trappeur », David « maître-chien », « terroriste », « soldat », « trafiquant »…

C'est avec Franklin, son troisième frère, que j'avais le plus de contacts. Ce garçon d'une dizaine d'années avait obtenu de me rendre visite un soir par semaine. Sa nounou l'amenait chez moi où le rituel était identique : il se rendait droit dans la cuisine, me demandait une poêle, des œufs, et nous préparait une sorte d'omelette. Puis on revenait le chercher pour le ramener au sein de sa famille.

Que nous disions-nous ? Je n'en ai pas souvenir, je sais seulement que, n'ayant pas eu d'enfant, j'avais l'habitude de parler à ceux que je rencontrais comme à des adultes. Cela devait leur convenir, car, plusieurs fois, des enfants d'amis s'attachèrent ainsi à moi… Je me souviens d'un petit garçon, fils d'un chauffeur qui habitait en banlieue et que j'allais voir tous les mois : il m'attendait avec impatience, me prenait par la main, m'entraînait dans un parc et me parlait d'égal à égal… Ses parents n'en revenaient pas.

Plus tard, quand je rencontrai Françoise Dolto, je découvris qu'elle faisait de même, fût-ce avec des nouveau-nés... Négligeant leur manque de moyens de s'exprimer, elle s'adressait directement à leur être. Il m'était venu de faire de même, que ce fût à de tout petits enfants ou aux écrivains qu'à l'époque j'allais interviewer. Face à eux, je ne ressentais pas la moindre timidité. Dès mon plus jeune âge j'ai eu le sentiment que, sur ce plan de l'être, nous sommes tous égaux. Arriver à entrer en communication avec qui que ce soit ne peut que constituer une fête.

C'en était une grande, chaque fois que j'allais déjeuner chez mes « fils de cœur » où, dès qu'ils tenaient assis, les enfants étaient admis à table : leur père aussi s'adressait à eux sans enfantillages, sans s'abaisser à ce qu'on croit être leur portée. (Aux femmes, Jean-Jacques parlait de même sur un plan d'égalité totale, ce qui les séduisait d'autant plus qu'à l'époque elles n'étaient pas habituées à être considérées comme des personnes à part entière.)

À Nancy où je me rendis plusieurs fois au temps où JJSS était député, les quatre enfants accouraient vers moi pour m'entraîner vers leurs jouets et leurs jeux, sans formalité préalable. Nous étions d'emblée au même niveau. Un jour, Franklin m'invita à mon corps défendant sur un manège – « Tu verras, c'est très amusant, pas de quoi avoir peur ». En fait, c'était un train fantôme d'une extrême rapidité et c'est lui, si petit, qui me rassura en me serrant contre lui.

Chez ces quatre garçons il y avait une dignité qu'on pouvait dire princière, plus un remarquable respect d'eux-mêmes et d'autrui. Ils pouvaient rire, chahuter, contester, protester, s'encolérer, jamais je ne les entendis proférer vis-à-vis de quiconque une parole de mépris.

Était-ce dû à l'estime que leur avait manifestée leur père dès leur naissance ? Ils étaient à la fois fiers, simples et ambitieux : tous quatre réussirent de très hautes études sans penser qu'il pût en être autrement. Aucun n'imaginant pour autant qu'ils étaient en droit de dépasser leur père, ou même de l'égaler. Pas même David, lorsqu'il devint célèbre.

C'est justement au sujet de son père et de la suprématie sans faille qu'il lui reconnaissait en tous domaines qu'il se rapprocha vraiment de moi.

Il devait avoir dans les vingt ans.

5

Cet été-là, je me trouvais à Saintes, dans la maison qui est celle de ma famille paternelle depuis quatre générations, quand je reçus un appel de David : « Je suis en Bretagne, est-ce que je peux passer te voir ?... » J'étais seule, comme souvent, et j'accueillis avec plaisir sa demande.

Toutefois, je me sentais un peu perplexe : qu'est-ce qui pouvait bien pousser ce garçon brillant, d'une vingtaine d'années, lequel préparait sa médecine au Canada et aux États-Unis, à me rendre visite dans ce coin délicieux de la province française, mais à l'époque plutôt retiré ?

Après un bref tour des lieux, David vint s'asseoir face à moi, dans la salle à manger où je lui avais servi un en-cas, et il aborda tout de suite ce qui, me dit-il, l'accablait : « Jamais je n'arriverai à égaler mon père... Il réussit tout, et moi rien... Surtout avec les femmes. J'étais avec une fille, en Bretagne, et je me suis fait jeter... » Et voilà ce beau jeune homme qui se met à pleurer !

Comme on dit dans les romans, mon sang ne fit qu'un tour : « Mais c'est faux ! Certes, ton père a formidablement réussi en créant un journal, mais il ne se débrouille pas très bien en politique. Quant à son rapport aux femmes, je peux te dire en connaissance de cause qu'il est plutôt défectueux... »

Je vis les yeux de David s'ouvrir grand : « Mais il a toutes celles qu'il veut !

– Peut-être, mais est-ce qu'il les garde, est-ce qu'il les rend heureuses ? »

Et de lui conter la façon dont j'avais vécu avec son père, les difficultés que rencontrait avec lui sa seconde épouse, et quelques autres de ses échecs... « En fait, ton père ne s'intéresse pas vraiment à l'amour, et si les femmes sont flattées d'être remarquées par lui, elles comprennent vite qu'il ne saurait être un compagnon, encore moins quelqu'un de fidèle. Au reste, s'il rompt facilement, il lui arrive souvent d'être quitté, ce que j'ai fini par faire... »

Tout le temps que je m'employai à démolir mon ex-mari devant son fils – avec des arguments que je ne me serais jamais formulés en moi-même si David n'était pas venu me solliciter –, je priai JJ, in petto, de bien vouloir me pardonner ma sincérité !

Toutefois, quelque chose d'encore plus fort que ce qui ne cessait de nous lier me disait que je devais le faire…

Le résultat fut miraculeux : quand David me quitta, quelques heures plus tard, pour rentrer à Paris, c'était littéralement un autre homme : il avait acquis cette confiance en soi qui jusque-là lui manquait.

Souvent, par la suite, David me rappela cet épisode : « Tes mots m'ont délivré… »

Je n'en revenais pas : il me semblait avoir sorti sans trop y croire les premières paroles de rassurement qui m'étaient venues à l'esprit au vu de son état… Or, ce devait être ce qu'inconsciemment David était venu chercher auprès de moi, sachant que je connaissais son père depuis sa prime jeunesse. Cette vérité, il devait bien la percevoir, avec la géniale intuition dont il allait faire preuve dans son métier de « guérisseur », mais il refusait encore de se l'avouer, comme s'il s'agissait là d'un sacrilège.

Il faut dire que ce père prestigieux était présenté par son entourage professionnel et politique, ainsi que par sa famille, comme une idole. Si prodigieuse que son fils ne pouvait voir en lui qu'un exemple insurpassable ! Le fait que Jean-Jacques ait pu avoir, comme tout le monde, des faiblesses et des défauts, personne, dans son milieu, ne le lui avait laissé soupçonner ! Surtout pas son père lui-même, lequel agissait auprès de ses fils comme un mentor infaillible autant qu'intransigeant…

Confronté aux évidences que je me permettais de formuler, David eut l'intelligence de comprendre qu'elles ne mettaient aucunement en cause son amour filial : il pouvait continuer d'aimer son père de tout son cœur sans s'aveugler sur ses manques et ses défaillances.

Ma franchise, quoique forcée, eut un double mérite. Je pus me rendre compte qu'en libérant David je m'étais moi-même affranchie. Il était temps pour moi d'admettre que, poussé par son courage et ses excès de visionnaire, l'« homme de ma vie » pouvait commettre toutes sortes d'erreurs qu'il n'hésitait d'ailleurs pas à reconnaître, aussi bien dans sa vie professionnelle qu'avec autrui, et qu'il en avait même fait plus d'une avec moi. Ce qui, désormais, n'importait plus.

Autre bénéfice de la visite impromptue de David : à compter de ce jour, nous nous sentîmes soudés par une réciproque estime, une totale confiance, et par notre goût commun pour la vérité.

Dût-elle nous paraître cruelle à accepter comme à dire.

6

Au cours des années qui suivirent l'irruption de David chez moi, à Saintes, nous ne nous sommes pas revus souvent. Le jeune homme retourna au Canada et aux États-Unis y poursuivre ses études de médecine et y entreprendre une psychanalyse. Les deux choses exaspérèrent son père qui aurait voulu qu'à sa suite, et soutenu par lui, son fils aîné embrasse une carrière politique.

Il trouvait incompréhensible que lui, le fondateur de *L'Express,* qui avait déclenché chez bien des hommes et des femmes, dont certains devenus éminents, le goût d'une carrière journalistique ou politique, voire les deux, ne pût rien pour ce qui concernait l'avenir immédiat de sa descendance !

Que ses conseils ne fussent pas suivis par son fils chéri le décevait d'autant plus que ses désirs lui paraissaient légitimes : il ne voyait rien de mieux que la politique pour son aîné, celui sur lequel il comptait pour prendre la relève et aller même plus loin que lui !

Mais David demeura inexorable ; il savait ce qui convenait à son tempérament : s'occuper de la souffrance d'autrui. Soigner des patients l'aiderait à mieux vivre, à surmonter les frustrations affectives de sa prime jeunesse, dont il fait état dans *Anticancer*[1]. Entre autres choses, il s'engagea tôt dans Médecins sans frontières[2] et participa à des opérations difficiles (l'association vient d'ailleurs de lui rendre hommage). Il ne céda donc pas à son père, même s'il ressentait péniblement le fossé qui s'était ainsi creusé entre eux deux.

---

1. « Les émotions étouffées », Laffont, 2007, p. 250, nouvelle édition 2010.

2. En 1991, David Servan-Schreiber se rend en Irak avec Médecins sans frontières en tant que médecin et psychiatre volontaire. Il participe à la fondation de Médecins sans frontières-USA dont il sera membre du conseil d'administration de 1991 à 2000. Il ira ensuite au Guatemala en 1996, en Inde (à Dharamsala) en 1997, au Tadjikistan en 1998, au Kosovo en 1999. Il participe à l'organisation de services d'urgence médico-psychologiques adaptés à la prise en charge des syndromes de stress post-traumatique affectant aussi bien les civils que les soignants sur le terrain.

Toutes ces années j'étais à mes affaires, sentimentales aussi bien que professionnelles. Et si mes liens avec JJ ne furent jamais coupés, ils se relâchèrent lorsqu'il partit s'installer à Pittsburgh avec ses quatre fils, après la fermeture du Centre mondial Informatique et Ressources humaines qu'avait créé pour lui François Mitterrand. Ce fut là une sorte d'échec : Jean-Jacques, qui n'avait pas la mentalité d'un fonctionnaire, s'il fut pour beaucoup à l'origine de la mise en œuvre de l'informatique française, commit quelques légèretés administratives qui lui furent reprochées. Pour lui épargner des difficultés, on ferma donc le Centre. Que faire ? Heureusement, les États-Unis se montraient prêts à l'accueillir et il y débarqua en 1984 avec ses quatre fils – Édouard, le plus jeune, avait alors quatorze ans.

De mon côté, ce n'était guère plus brillant : en 1978, Jean-Jacques avait vendu *L'Express* dont le nouveau propriétaire, Jimmy Goldsmith, me mit à la porte dans les quinze jours, ce qui fit que je me retrouvai au chômage. J'ai raconté ailleurs comment j'ai pointé pendant des mois à l'ANPE sans réussir à me faire embaucher par quelque journal que ce soit, pas même par celui de

Jean-Louis Servan Schreiber, mon ex-beau-frère !

Si je n'avais pas trouvé un débouché en littérature, je ne sais ce que je serais devenue. Toutefois, demeurait intacte en moi ce que David appelle la « force de vie ». Peut-être même était-elle plus solide, comme il arrive parfois après une épreuve, ce qui fut son propre cas lors du changement radical qu'apporta en lui le cancer.

À intervalles réguliers, je continuais de demander et de recevoir des nouvelles des exilés. Les quatre garçons purent bénéficier des papiers nécessaires pour prolonger leur séjour aux États-Unis et y poursuivre leurs études. Toutefois, la France leur manquait. Dès qu'ils en eurent la possibilité, ils revinrent vers leur famille, leurs amis d'enfance, leur quartier – et moi.

Ils débarquaient à tour de rôle pour quelques jours, quelques semaines, puis s'en retournaient à leurs universités, l'un à Berkeley, les autres à Pittsburgh ou ailleurs... Tout en continuant ses études de médecine, David avait ouvert à Pittsburgh un laboratoire dont il était le directeur et où ses assistants et lui poursuivaient des recherches sur le cerveau.

Par un concours de circonstances qu'on peut malgré tout qualifier d'heureux, c'est au cours d'une expérience menée à plusieurs qu'il découvrit que son propre cerveau était atteint et que sa vie se trouvait du coup en péril.

C'est à son père, puis à son frère Édouard qu'il le révéla en premier.

7

La nouvelle tomba comme la foudre. Ni lui ni personne ne s'attendait à un tel choc : David, si rayonnant, si plein d'allant et de santé, avait, nous dit-on, un cancer du cerveau.

On commença par ne pas y croire : il devait s'agir d'une erreur de diagnostic, ou peut-être même de transmission. Il fallut que David en personne confirme la nouvelle en donnant des détails sur la façon dont sa tumeur avait été décelée.

Il redit comment, alors qu'il était chef du service d'imagerie cérébrale fonctionnelle de Pittsburgh qu'il avait créé, il avait accepté de prendre la place d'un étudiant « cobaye » qui venait de faire faux bond pour tester des exercices mentaux via le scanner. Quelques instants plus tard, ses assistants en charge de la prise d'images reparurent : il semblait y avoir une tache sur les clichés, mieux valait recommencer.

Quand ils revinrent à nouveau, leur mine était grave : « Il y a vraiment quelque chose d'anormal sur l'image ! Vois toi-même... »

David était on ne peut mieux qualifié pour saisir d'emblée la nature du problème : on apercevait une boule de la grosseur d'une noix sur le cortex pré-frontal de son cerveau. C'était un cancer.

Muni de ses clichés, il consulta plusieurs cancérologues qui eurent tous la même conclusion, laquelle était aussi la sienne : il fallait opérer sans attendre. Il choisit un chirurgien qui travaillait à New York.

Prévenu, Jean-Jacques accourut au chevet de son fils que torturaient d'affreux maux de tête après l'opération. De longues heures durant, le père souffrit pour son fils qu'il craignait de perdre. L'avaient rejoint ses autres fils et Kira, la future épouse de David, qui serait la mère de Sacha.

Mais David, quoique faible, résistait, il se remit de l'opération, reprit même assez rapidement son travail de médecin. Son état d'esprit avait néanmoins changé : son travail de clinicien l'intéressait désormais plus que la recherche. « Un sentiment de grâce, écrit-il, était entré dans ma vie. »

Toutefois son destin était à jamais changé.

Qu'allait devenir le brillant psychiatre ? Déjà, il avait dû renoncer à diriger le centre qu'il avait créé.

Après quelque temps de convalescence suivi de nouveaux examens, la tumeur ayant disparu, David put à nouveau voyager et il se rendit à Paris revoir les siens et les accoutumer comme lui à son nouvel état.

Je tremblai quand il m'annonça sa visite. À ma vive surprise et à mon égal soulagement, je le trouvai étonnamment bien, nullement vieilli, juste mûri : ce qui se voyait à son regard et à son expression concentrée.

La première fois, nous étions assis sur le divan de ma pièce de séjour, il me raconta comment la découverte de la tumeur s'était produite, comment la décision avait été prise d'aussitôt l'extraire, puis d'entreprendre des chimios. Médecin, il était en mesure de diagnostiquer ce qui se passait, quel genre de menace restait suspendu sur sa tête. On ne guérit jamais d'un tel cancer, me dit-il, on est seulement en rémission…

Sur ces mots, il se jeta en pleurs dans mes bras.

« Tu sais, ce dont j'ai le plus peur, c'est de ne pas être là pour voir grandir mon fils… »

Sacha n'était encore qu'un petit enfant.

Je resserrai notre étreinte dans une seule pensée : ce n'était pas sur son sort que David s'émouvait, c'était sur celui de son fils.

Il allait en être ainsi pendant les années qui suivraient : tout en mettant au point une méthode pour prolonger sa rémission et l'enseigner à ceux atteints du même mal, David n'allait penser qu'aux autres. Travaillant d'arrache-pied pour apprendre à autrui comment mieux se comporter au quotidien jusqu'à pouvoir se passer de lui, s'il le fallait. Grâce à son élan, sa vitalité, il parvint à nous faire oublier dans quel danger permanent il vivait, ce que lui-même n'ignorait pas.

Comme nous ne demandions qu'à le croire, ce furent des jours lumineux, heureux, même. J'eus le bonheur d'en profiter.

Et c'est alors que dans son incessant besoin de partager ses expériences et ses connaissances, David se mit à écrire. D'abord des articles : il en rédigea notamment pour le magazine de son oncle Jean-Louis, *Psychologies Magazine,* ce qui contribua à faire connaître son prénom.

Il reprit aussi quelques consultations à Paris, à Pittsburgh, sans toutefois vouloir parler de son état ni de ce qu'il venait de subir. Il lui semblait à l'époque qu'on allait moins faire confiance à un médecin, si on le savait malade, surtout du cerveau. Il nous avait demandé le silence, et nous le gardions.

À des intervalles rapprochés, il devait subir, à Pittsburgh, des examens de contrôle. Un jour, il y eut une ombre et une seconde opération fut entreprise sur-le-champ. Moins pénible que la première, elle réussit parfaitement, reste que l'angoisse se renforça. D'autant plus qu'étant donné la particulière malignité de ses cellules cancéreuses, d'après les spécialistes son espérance de vie était courte.

Aussitôt, par défi, par amour de la vie, aussi parce qu'il était chercheur dans l'âme, David s'attela à la tâche, on peut dire héroïque, de démentir les funestes pronostics.

Il commença par se renseigner dans le monde entier. Comme il n'était pas pour rien le fils de Jean-Jacques Servan-Schreiber, dès son plus jeune âge il avait été, de même que ses frères, initié à l'informatique et au maniement de l'ordinateur, discipline pour laquelle l'université Carnegie Mellon avait de surcroît la réputation d'être à l'avant-garde.

Par mail, puis au téléphone quand la liaison était bonne, il entra en contact avec des spécialistes. Il eut la révélation que bien des recherches et des progrès étaient en cours dans toutes sortes de directions, portant soit sur la prévention, soit sur le ralentissement de l'évolution, soit sur la guérison. Non seulement on n'en parlait guère, mais on ne les regroupait ni ne les confrontait. Leurs bons résultats, quand il y en avait, n'étaient pas communiqués aussi largement qu'ils auraient dû l'être.

Il faut dire que certaines de ces méthodes relevaient de ce qu'on nomme les médecines parallèles, vis-à-vis desquelles le grand public, quoique attiré et à l'occasion consommateur, entretient les mêmes doutes qu'envers l'astrologie ou la voyance.

David sut s'engager sur plusieurs voies. Stimulé par la crainte, également par la curiosité, doté du génie visionnaire de son père, il décida d'élargir le champ des recherches et de rassembler nombre de connaissances jusque-là disséminées sur le sujet.

Il n'en était pas moins convaincu qu'il devait la vie à la pratique médicale et chirurgicale traditionnelle, et ne refusa jamais la médecine allopathique. Tout en observant le style de vie qu'il allait préconiser dans ses ouvrages, il continua de recourir à la chimio et, quand nécessaire, à la chirurgie.

C'est ainsi qu'il fut amené à rassembler les matériaux qui allaient lui permettre d'écrire son premier livre qu'après réflexion il intitula simplement *Guérir*, lequel ne traitait d'ailleurs pas du cancer, ni d'aucune autre « maladie » de type physique. *Guérir* était pour lui le but à atteindre et une profession de foi. « Nous avons en nous la possibilité de nous guérir de la plupart de nos maux », déclarait-il.

À l'étonnement – pas toujours empreint de sympathie – de certains de ses confrères, lui-même allait le prouver en survivant pendant près de vingt ans à ce qui lui avait été accordé comme une échéance inexorable.

8

Pour faire face aux mauvais coups du sort, il faut tenter tant bien que mal de tracer pour chacun des voies nouvelles.

Lorsque j'avais été brutalement exclue de *L'Express,* faute de pouvoir poursuivre ma carrière de journaliste, je m'étais mise à écrire et à publier des livres. Par chance, ils trouvèrent un public, surtout les romans tristes.

De tout temps, depuis *La Princesse de Clèves*, *Werther*, *Anna Karénine*, ce qui « marche » le mieux auprès du public, c'est la douleur... Parmi mes succès, l'un de mes livres où je narre des deuils cruels s'intitule *Douleur d'août.* Un autre qui relate une tromperie amoureuse a pour titre *Une balle près du cœur.* Quant à *La Maison de Jade* qui traite d'un chagrin d'amour crucifiant, il reste à ce jour mon best-seller.

Si je confiais mes peines au papier, c'était avant tout dans l'espoir de les mettre à distance pour m'en soulager. Or, faire état d'une succession de deuils et d'échecs sentimentaux eut un avantage que je n'avais pas prévu : j'en tirai de l'argent !

Au lieu de thésauriser ou de dépenser mes droits d'auteur en croisières et autres fantaisies du genre, je les utilisai à installer des maisons. Plutôt que de m'en séparer, je pris le parti de réparer et moderniser les deux dont j'avais hérité à quelques années de distance : celle de ma mère, dans le Limousin, et celle de mon père, à Saintes. Peu auparavant, j'avais entrepris d'en faire construire une selon mon goût sur un territoire de mon choix, aux Portes, sur l'île de Ré.

Mes proches daubèrent beaucoup sur les inévitables tribulations et avanies de ceux qui possèdent plus d'une maison, mais quelque chose me disait que j'avais raison : je préparais là des « lieux de vie ».

Pour des temps courts ou longs, ils allaient servir à certains de mes amis qui ne savaient où aller l'été ou à des jeunes en panne de logement ; ce qui, en plus de me procurer le bonheur d'aider des êtres que j'appréciais, avait l'avantage de rompre ma propre solitude.

Parmi ceux qui trouvèrent asile en ces différents lieux, il y eut avant tout autre, et le plus longuement, David.

Son premier séjour chez moi se passa à La Sauterie, dans la maison qu'avait acquise ma mère dans son Limousin natal, à proximité de la petite ville d'Eymoutiers.

J'y tiens un journal de bord où je consigne les dates d'arrivée et de départ des uns et des autres, ainsi que le montant des dépenses, les achats, les travaux en cours, jusqu'au temps qu'il fait.

Quand, en août 2012, j'entrepris avec mélancolie et tristesse – David venait juste de nous quitter – de le parcourir, je tombai sur une écriture mêlée à la mienne comme pour s'y lover : c'était la sienne !

Ce court texte, qu'on devine rédigé d'une traite, me bouleversa tant on aurait dit un message envoyé de l'au-delà :

18 AOÛT 2002

DERNIÈRE SOIRÉE DE MON PREMIER SÉJOUR À LA SAUTERIE. CELUI QUI A DONNÉ NAISSANCE À MON LIVRE, MON PREMIER LIVRE, CELUI QUE J'AI ATTENDU TOUTE MA VIE POUR ÉCRIRE ET QUI EST VENU S'ÉCRIRE ICI, ACCOUCHÉ ENTRE

LES MAINS EXPERTES DE MADELEINE, BAIGNÉ ET LAVÉ PAR SA TENDRESSE, SON ATTENTION ET NOS IMMENSES ÉCLATS DE RIRE.

AVEC TOUTE LA RECONNAISSANCE D'UN JEUNE PÈRE !

DAVID SERVAN-SCHREIBER

Il lui restait neuf ans à vivre.

9

Mon cœur battait fort le jour où David me réjoignit dans ma maison limousine dont l'isolement, entre bois et prés, l'avait d'avance séduit. Mais qu'en serait-il lorsqu'il aborderait ce lieu sauvage ? Pourvu qu'il s'y plaise !

Son bagage était succinct : quelques vêtements de sport, T-shirts, jeans, surtout son ordinateur, et Titus, le chat abyssin.

J'installai David dans la chambre la plus chaude de la maison, celle située au-dessus de l'office et de sa cuisinière à bois, sans cesse allumée. Il fallait ce confort, car une fois dans cette jolie pièce aux meubles anciens pourvue d'un coin toilette, David tira la table devant la fenêtre, y posa son Mac, le brancha et n'en bougea plus.

Il travaillait.

Pas une fois il ne descendit au bourg d'Eymoutiers, situé à trois kilomètres. Il ne voulait pas perdre une minute du temps qu'il s'était donné pour mettre en chantier ce qui était son premier ouvrage, comme le texte qu'il laissa dans mon journal de bord le confirme. Toutefois, il me demandait de le conduire tous les jours en voiture jusqu'à un chemin de terre qu'il avait repéré, où il pouvait faire son indispensable jogging.

Titus, tout jeune, ne quittait pas son maître. Il s'installa sur l'appui de la fenêtre d'où il observait tout ce qui se passait en contrebas, dont les allées et venues de mes deux chiens. Eut-il un mouvement maladroit, s'endormit-il, ou décida-t-il d'aller faire un tour ? Toujours est-il qu'un jour il sauta du premier étage sur les graviers de la cour… J'étais là et eus grand-peur. Mais, souple et léger, le félin tomba avec grâce et se mit aussitôt à déambuler, fureter, chercher comment remonter là où se trouvait son maître.

Celui-ci s'était penché à la fenêtre et souriait. Il connaissait les capacités d'acrobate de son compagnon, lequel, entre autres particularités, adorait croquer les betteraves crues…

Quant à David, il avait le besoin de partager sur-le-champ les découvertes et trouvailles surgies de son écriture. Nous mangions avec Jacqueline Tavire, qui nous préparait les repas, sur la grande table de la cuisine. Tout en se restaurant, David nous tenait au courant de ses toutes dernières connaissances – ainsi des vertus des framboises, des tomates et des brocolis ! Puis il nous demandait la permission de nous lire ce qu'il venait de rédiger.

En cela, comme sur d'autres points, il me rappelait son père. Jean-Jacques, avant de publier quoi que ce soit, avait besoin de lire à voix haute en ajoutant : « Est-ce que c'est clair ? Est-ce qu'on comprend bien ? »

S'il y avait, chez le père comme chez le fils, cette même exigence de clarté pour se mettre à la portée de tous, leur style était différent. Jean-Jacques possédait un vrai talent d'écrivain, il suffit de relire *Lieutenant en Algérie*, devenu malheureusement introuvable alors qu'on commémore le 50e anniversaire des accords d'Évian qui mirent fin à la guerre. La recherche littéraire y est indéniable, impliquant certains recours à la fiction, à l'« arrangement » de scènes présentées comme vécues… En revanche, David, esprit scientifique, écrit au plus près de la vérité, dans le constant souci de l'exactitude, donnant ses sources, ses références, son ressenti… D'où l'émotion qu'il a suscitée chez tous les publics sans avoir pourtant encore évoqué son cas personnel. On le percevait avant tout comme étant *vrai*. Et humble face à ce permanent miracle qu'est la vie.

Dans plusieurs des dédicaces qu'il a faites à des proches, il lui est arrivé d'écrire : « Bravo pour votre force de vie ! » C'est cette pugnacité qui le touchait le plus chez les gens, et qu'il avait même constatée chez certains de ses patients en phase terminale, comme il en faisait état dans ses conférences. Il l'a prouvé en ce qui le concerne : jusqu'à son dernier souffle, il a manifesté une incroyable force de vie.

Quelques semaines plus tard, je l'ai conduit à la gare des Bénédictins, à Limoges. Il m'est arrivé plus d'une fois de laisser David sur un quai, prêt à monter dans un train qui le ramenait à Paris d'où il partirait pour bien d'autres directions. Il n'avait pas qu'un bagage, mais plusieurs sacs pendus à son dos, à ses épaules, dont la sacoche contenant l'ordinateur, et, à la main, le panier à chat dans lequel était patiemment blotti Titus.

David me faisait penser à un explorateur en partance avec tout son nécessaire, rien de plus, rien de moins… En fait, un homme libre, uniquement chargé de l'équipement et du matériel indispensables à sa mission. J'aurais voulu l'accompagner, ne fût-ce que pour porter une partie de ses fardeaux, mais je savais qu'il ne le désirait pas. Quand il vous quittait, c'était pour aller en retrouver d'autres – patients ou publics –, encore d'autres, toujours d'autres... Sa soif de contacts et son désir de rencontres étaient infinis.

Mais il ne vous oubliait jamais, retenant les noms, fût-ce des visages à peine entr'aperçus.

Toutes ces années-là, j'ai su, sans qu'on ait eu besoin de se le dire, que j'étais avec lui et qu'il restait avec moi.

10

Quand David me retrouva pour la première fois dans mon autre maison, celle de l'île de Ré, ce fut le début d'une fabuleuse époque.

Guérir, juste publié, prenait son envol quand il décida de passer son été loin de ses points de chute habituels. Était-ce dans l'intention de se remettre à écrire ? Ou ressentait-il l'appel de la mer, lui qui l'aimait tant ? Quand on vit sur cette étroite bande de terre, elle vous cerne de tous côtés, on entend, proche ou étouffé, le fracas de ses vagues, on respire sa brume salubre. David ne cessa pas d'en jouir.

Par chance, j'avais pu agrandir mon minuscule jardin en achetant une partie de celui d'un voisin âgé qui venait de décéder. Il y avait construit son garage que je fis aménager en bungalow indépendant de la demeure principale. Ce bâtiment bas comportait une chambre, une douche, une cuisine. C'est là que David se posa d'emblée : il en fit son territoire qu'il occupa chaque fois qu'il venait aux Portes, y laissant des blousons, des livres, ses affaires de toilette, son équipement pour pratiquer le surf et autres sports de mer. C'est là qu'il dormait et faisait la sieste, mais, pour travailler, il préférait s'installer plus près de moi, dans la maison.

Celle-ci est entièrement blanche et son architecture rappelle celle d'un bateau : lorsqu'on se trouve à l'étage, sur le « pont », en quelque sorte, aucune porte ni cloison ne vous sépare des pièces du bas où se trouvent la cuisine et la salle de séjour.

Tout communique, et c'était ce qui plaisait à David.

Assis devant un bureau face aux grandes baies vitrées donnant sur le coin terrasse, tout en écrivant, en interrogeant Internet, en téléphonant interminablement, il gardait l'œil et l'oreille aux aguets, veillant sur tout ce qui se passait au rez-de-chaussée et dans la cour.

Vaquant à nos occupations, nous avions cessé de prêter cas à sa présence, mais de temps à autre il intervenait pour nous suggérer tel achat au marché, prévoir un départ collectif à la plage ou une virée à bicyclette jusqu'à Ars.

Je n'ai connu qu'un autre homme capable à la fois de travailler à ses écrits et de prendre part à la vie collective : le psychanalyste Jacques Lacan. Dans sa résidence secondaire de Guitrancourt – celle où se trouvait *L'Origine du monde* de Courbet dissimulée derrière une toile de Masson... –, le dimanche, alors qu'il préparait son séminaire du lendemain dans un coin de la grande pièce, nous prenions le thé et bavardions haut et fort autour de son épouse Sylvia Bataille. Jacques Lacan, comme David, intervenait à brûle-pourpoint dans nos propos ou, s'il avait mal entendu, demandait à ce que l'on répétât en criant : « Quoi ? Quoi ? » Sans, lui non plus, interrompre aucunement son labeur.

Si, dans le Limousin, David n'était pas allé jusqu'à notre gros bourg d'Eymoutiers, pas même pour y visiter la Collégiale ou y acheter le journal, en revanche, à Ré, dès qu'il avait envie de faire une pause, il se rendait, à pied ou à vélo, au cœur du village situé à cent mètres de notre maison, Titus fiché sur son épaule.

Comme son maître n'était pas encore connu en tant que « David », on avait pris l'habitude de l'appeler « l'homme au chat ».

Toutefois, sa soif des autres lui permit très vite d'entrer en relation avec la plupart des commerçants, dont l'épicier, Franck, devenu un ami, les propriétaires des quelques restaurants, la famille Penaud, leurs employés, les loueurs de bicyclettes, les gendarmes, le médecin, tout ce petit monde qui compose un village et entretient son activité.

Il y avait aussi quelques personnalités comme Hélène de Clermont-Tonnerre, directrice chez Chanel, le cher Bernard Giraudeau, d'autres encore, propriétaires de belles demeures occupées surtout l'été. Stéphane Guillot, paysagiste et Joschi Guitton du Bois-Plage, Roberte et Pascal qui tiennent boutique de produits bio et de linge à Saint-Martin. David ne semblait pas faire de différence entre les « people » et les autres. Pour lui, tout être humain était source de curiosité et motif de fraternité.

Il se lia tout particulièrement avec Anne Péan, habitante des Portes où elle vit à l'année, connaît tout le monde du fait qu'elle tient une boutique de beaux objets pendant les mois d'été, et a le cœur aussi grand qu'elle l'a simple. Quand on ne sait à qui confier ses soucis, on va s'asseoir dans la boutique d'Anne, on s'y repose de l'artifice, on parle vrai.

Entre David et elle, ce fut le coup de foudre.

C'est Anne qui lui suggéra de faire sa toute première conférence qu'elle entreprit d'organiser dans une salle de la mairie. Le bouche-à-oreille se mit à courir et, à l'heure dite, une petite foule se pressait pour entendre le jeune psychiatre parler d'on ne savait trop quoi... Certains durent rester debout, d'autres s'agglutinèrent aux fenêtres qu'on avait laissées ouvertes.

Le cadre était informel, nous avions disposé nous-mêmes les chaises qu'on avait pu trouver dans le bâtiment municipal. David avait demandé un écran pour y projeter un vidéo-disque grâce à son ordinateur, et l'on parvint tant bien que mal à installer les branchements.

Je tremblais comme chaque fois que va parler en public quelqu'un que j'aime.

Ce fut une belle réussite ! Lorsque le conférencier voulut s'interrompre, tout le monde demeura sur place, réclamant encore des paroles et des réponses... Il y avait, dans sa façon naturelle de s'exprimer, quelque chose qui agissait comme un charme.

Je me souviens de son attaque : « Nous avons tous fait la même expérience : à la cuisine, on s'entaille le doigt avec un couteau, cela saigne... Comme ce n'est pas grave, on ne fait rien de particulier... Quelques jours plus tard, c'est cicatrisé, cela a guéri tout seul et on ne sait même plus de quel doigt il s'agit ! C'est que notre corps a la faculté de se guérir lui-même de tous ses maux. À condition qu'on l'y aide… »

À partir de là, le public était subjugué et David pouvait énoncer son message. Simple, lui aussi, parlant de nourriture, de méditation, d'exercices physiques… Tout ce que David Servan-Schreiber allait promouvoir pendant les huit ans à venir était déjà parfaitement formulé. Dans les nombreuses conférences qui allaient suivre, en France, à l'étranger, jusqu'aux États-Unis, il n'y changerait à peu près rien…

Comme tous les grands, il avait à transmettre une vérité qui le transcendait et il ne se lassait pas de la répéter.

11

Où que je me trouve, je suis toujours la première levée. J'aime ce moment de solitude où je découvre le temps qu'il fait, sors les chiens s'il y en a, vois venir la lumière du jour et prépare le café.

Apparaissent bientôt mes compagnons, chacun selon son rythme qui se révèle tout aussi invariable que le mien. David n'était pas un lève-tôt, en revanche, dès qu'il surgissait, c'était le branle-bas de combat : il ne prenait pas de café, mais du thé vert assorti de toutes sortes d'ingrédients : céréales, yaourt, fruits… Un menu qu'il composait et préparait lui-même et ingérait sans précipitation.

Même si nous avions des hôtes, nous étions en tête à tête pour un moment. Je m'asseyais dans la cuisine en face de lui, reprenais du café, acceptais de son thé, il partageait avec moi sa salade de fruits et nous causions.

De ces conversations je n'ai pas retenu les mots ni le contenu, seulement un intense sentiment de communion. Les sujets étaient des plus variés, allant de l'aménagement de notre quotidien à des réflexions sur nos proches que nous passions en revue avec sollicitude, parfois sévérité, jusqu'à des interrogations sur les grandes questions auxquelles nous confronte le fait de vivre. Nous nous y absorbions comme des adolescents, sans pour autant y trouver de réponses approfondies, encore moins définitives...

Souvent, David me demandait où j'en étais avec ma vie, mes livres, ce que je souhaitais, espérais, pensais – m'obligeant, du coup, à m'interroger. Je n'en avais pas toujours envie, mais il me fallait reconnaître que c'était bénéfique. Il écoutait attentivement et avait le mot juste pour dénouer ou faire avancer certaines situations, y compris sur le plan affectif...

À mon tour je lui demandais où il en était, dans sa vie sentimentale, riche mais pas toujours simple. Ses perplexités le conduisaient à des imbroglios – il avait du mal à se séparer de ses « anciennes » – qui finissaient par nous faire rire.

Le merveilleux de ces échanges matinaux, c'est que nous portions le même regard sur la plupart des sujets. Je lui répétais ce qui est devenu ma devise : « Rien ne compte que l'essentiel, et l'essentiel est toujours simple. »

Sa devise à lui, s'il en avait une, je ne la connais pas, mais ce que je percevais avant tout chez lui, c'était l'état d'urgence. Sans accélération ni dispersion, David ne perdait pas une minute, enchaînant les occupations, souvent plusieurs à la fois. Ainsi, tout en lavant la vaisselle du petit déjeuner, en replaçant les produits dans le frigo, il téléphonait au moyen de son oreillette. Puis il allait prendre sa douche et, une fois prêt, venait s'asseoir sur la terrasse en teck, téléphone fermé, pour une demi-heure au moins de méditation. S'il pleuvait, il restait dans la maison, préparait des coussins et allumait quelques lumignons odorants avant de se positionner en lotus.

Parfois je m'installais non loin de lui. Certains jours, Bernard Giraudeau nous rejoignait à bicyclette pour ce moment de silence et d'élévation.

Dans la chaude ambiance estivale que rien ne venait troubler, ou à peine – ainsi les allées et venues de Titus grimpant aux arbres et sur le faîte des toits –, on pouvait croire que cette vie-là durerait toujours. Aujourd'hui que ces deux hommes de haut bord sont partis, il ne me reste que la trace de nos moments de joie pleine. C'est beaucoup, c'est peu.

Puis chacun partait vaquer à ses affaires. Pour David et moi, c'était l'ordinateur. Bernard retournait chez lui où il écrivait de son côté et s'occupait de son domaine en bord de mer. Les divers hôtes de la maison se levaient à leur tour, déjeunaient, bavardaient entre eux, partaient aux courses… Parmi eux, il y avait Émélie Eleisha, ma jeune amie canaque, devenue aussi celle de David. Elle seule savait le taquiner pour le tirer de son trop de travail et de sérieux.

David possédait une autorité si naturelle qu'il ne donnait jamais un ordre (sauf à son fils Sacha). En cela aussi, il me rappelait son père : s'il avait besoin de quelque chose, il se contentait de faire remarquer le manque : une ampoule a grillé, il n'y a plus de sel, ni de bananes, ni de shampooing, sa bicyclette a un pneu à plat… Aussitôt quelqu'un se proposait pour s'en occuper, content, semblait-il, de pouvoir lui être utile.

C'est que, sans que cela soit dit, tous ceux qui nous ont rejoints à Ré, fût-ce pour quelques jours, ressentaient la valeur et l'importance du travail auquel David était attelé. Plus encore que l'homme, c'était son œuvre que l'on cherchait à protéger et à ser-

Mon « fils de cœur »

Méditation, sérénité, harmonie

Aux Portes-en-Ré, David travaille

Dernier Noël à Veulettes, avec Jean-Jacques et ses quatre fils, alignés par âge, comme ils le faisaient toujours, David, Émile, Franklin, Édouard

12

Dans son ultime ouvrage, *On peut se dire au revoir plusieurs fois*, David évoque son intense besoin d'activité sportive. Un goût que lui aurait inculqué son père, à lui comme à ses trois frères, depuis leur plus jeune âge.

Lorsque nous étions à Megève, dans le chalet familial, je me souviens de Jean-Jacques nous incitant, ou plutôt nous forçant, le matin, à partir skier, quel que soit le temps qu'il ne consultait d'ailleurs pas... Que de descentes sous la neige alors que nous étions presque seuls dans la cabine du téléphérique qui nous montait au sommet du mont d'Arbois... Que de chutes épuisantes pour que j'arrive à suivre la bande, jusqu'à ne plus pouvoir m'extirper sans aide du bain de poudreuse...

À propos de bain, j'ai raconté ailleurs comment Jean-Jacques, que je venais juste de retrouver après-guerre, m'avait entraînée dans la mer, à Veulettes, alors qu'il y avait une forte houle et que le drapeau rouge était hissé. Je faillis m'y noyer et il fallut Jean-Jacques plus un sauveteur – décoré suite à son exploit – pour me tirer de l'eau à demi évanouie.

Autre éloquent souvenir, le lendemain de notre mariage, alors que nous venions de débarquer du Train bleu, à Marseille : Jean-Jacques m'emmena sur-le-champ acheter du matériel pour m'initier le jour même à la plongée sous-marine… Telle était sa conception d'un voyage de noces !

Tous ses fils témoignent eux aussi de la façon dont leur père les éduqua à ne tenir aucun compte des conditions climatiques pour se lancer dans une expédition sportive. Était-ce pour complaire à son propre père, par admiration pour lui, en particulier pour son courage physique dont JJ fit preuve à bien des reprises ? Toujours est-il que le sport était devenu pour David plus qu'un goût : une sorte d'addiction.

À Ré, qu'il pleuve ou qu'il vente, il partait faire sa demi-heure de jogging ou entraînait un petit peloton de fidèles suiveurs dans de longues virées à bicyclette. L'agitation de la mer ne le retenait pas de s'y plonger en partant droit vers le large, comme le faisait son père, ce qui suscitait mon inquiétude au point que je cessai de les accompagner, l'un comme l'autre, pour les attendre sur la grève lorsqu'ils partaient nager en solitaires.

À la nage – il crawlait superbement –, David ajouta la voile sur de petits bateaux que louait l'école de voile, puis, jugeant le contact avec l'air et la mer encore incomplet lorsqu'on est juché sur une coque, il s'initia au kite-surf.

Ce nouvel engouement, succédané du ski nautique, consiste à se faire tirer par une sorte de voile que gonfle le vent, tandis qu'on monte sur une planche qui glisse de plus en plus vite sur la crête des vagues. Mais, avant de maîtriser ce sport, que d'essais infructueux, de plongées dans une mer parfois plus que froide ! Il fallait s'équiper, à Ré j'ai encore tout ce matériel : combinaisons, palmes, masque, dissimulé au fond d'une armoire, tant j'ai peine à le revoir, comme tout ce qu'a laissé David… Au début de cet entraînement, Sacha était là, et David exigea – il n'y a pas d'autre mot – qu'il s'y mette avec lui…

Petite comédie matinale : Sacha excipait d'un mal de ventre, mal de tête, mal aux pieds, pour finalement exploser : « Je déteste ! – Tu vas t'y faire et tu vas adorer ! »

répliquait David en le poussant vers la sortie. Il avait raison : Sacha, devenu adepte, s'enchanta de pouvoir voler au ras de l'océan…

Avec Jean-Jacques j'avais pratiqué l'équitation – que de chutes, là aussi, dont mon coccyx ne se souvient que trop ! David y préféra d'autres genres d'exercices, dont l'escalade sous chute d'eau. Il entraîna ainsi une de ses amies à grimper le long d'une corde derrière une cascade, prit des photos et nous les envoya par mail… Je n'y étais pas, de même que je n'ai pas assisté à ses nombreux vols en parapente, qu'il pratiquait, quand c'était possible, partout où il se rendait pour un débat, une émission, une conférence… C'était la récompense qu'il s'octroyait après une rencontre enthousiaste avec le public !

Comment expliquer ce besoin qu'il avait de l'exploit et de ses risques ? Peut-être pour se prouver encore et encore que le mal qui l'affectait ne le diminuait en rien, ni intellectuellement ni physiquement ?

Le pire des risques, à mon sens, étant celui qu'il prenait quotidiennement en traversant Paris à bicyclette tout en téléphonant grâce à son oreillette ! Quand il m'appelait, je lui demandais chaque fois : « Tu es où ? » et lorsqu'il me répondait : « Sur mon vélo », je me hâtais d'écourter la conversation.

Mais David, qui savait aussi faire preuve de bon sens et ne négligeait pas de prendre certaines précautions, allait échapper à tous ces risques-là.

La vraie menace pour lui ne venait pas de l'extérieur, mais de l'intérieur de son corps. Sans doute le savait-il, tout en la gardant secrète : d'où son détachement face à tous les autres dangers.

13

Son physique, son sourire, son regard attiraient les femmes. Il suffisait de le voir en photo ou à l'écran pour tomber sous son charme. À quoi s'ajoutait le charisme des hommes passionnés par leur mission, exaspérant chez elles le désir de les en détourner, ne fût-ce qu'un moment.

Mais comment David utilisait-il son pouvoir de séduction ? C'est là que les choses se compliquaient…

Est-ce parce qu'il avait en tête et dans le cœur l'image ravissante de sa mère ? Longtemps il privilégia la plastique. Il les recherchait grandes, minces, blondes, les plus belles possible… Ce qu'elles avaient dans la tête ne venait qu'en second.

Si une relation s'établissait, il leur proposait la vie en couple, éventuellement le mariage, sans avoir assez pris le temps d'évaluer la possibilité d'une entente durable.

Était-il poussé par l'inquiétude que lui inspirait sa santé ? D'où une suite d'échecs et de déceptions : les unes ne faisaient pas le poids, d'autres cherchaient à le domestiquer ou à l'exploiter. Après avoir fait montre de patience, de compréhension – celle du psychiatre –, il s'échappait, mortifié.

Comme David avait la particularité d'être aussi franc au sujet de ses amours qu'il l'était à bien d'autres propos, dont sa maladie, ses proches et moi nous interrogions : comment un homme de son intelligence pouvait-il autant s'égarer dès qu'il s'agissait de s'apparier ? Et comment se faisait-il qu'ayant revendiqué et obtenu leur libération, un si grand nombre de femmes continuent de mettre une croix dessus pour s'approprier un homme ?

D'où mon embarras pour lui répondre quand il me demandait mon avis sur telle ou telle de ses conquêtes. Si j'avais tendance à émettre quelques réserves, à distiller des mots peu plaisants, on me reprochait d'être partiale, à la limite jalouse.

En réalité, indifférente aux charmes de l'« objet » en cause – pourtant, que de jolies photos transmises par mail ! –, il ne m'était pas difficile d'être lucide, tout comme le reste de son entourage, prêt à le mettre en garde contre des emportements par trop rapides.

Mais nous pensions également que quelques moments de bonheur et d'illusion sont des cadeaux de la vie, laquelle n'en dispensait point trop à David, en ce temps-là... Alors nous faisions bonne figure à la dernière en date, comme les parents d'un adolescent en pleine éclosion – ce que, sur le plan de l'amour, David, avec sa fraîcheur d'âme, était encore...

Il y eut toutefois dans le lot des femmes de qualité, exceptionnelles même, avec lesquelles je me liai et que j'étais navrée de voir s'éloigner. Mais je pouvais les comprendre : vivre avec David, même s'il était attentif, fidèle, d'une générosité et d'une patience sans bornes, demandait des sacrifices. Il voyageait sans arrêt et, lorsqu'il était présent, n'était à disposition que quelques heures par jour : le reste du temps, il travaillait, téléphonait, écrivait...

Face à ce problème, je fus conduite à me poser la question : est-il possible d'être la compagne d'un homme aussi englouti par sa tâche, qu'elle soit artistique, scientifique ou politique ?

Lorsqu'on étudie l'histoire, on découvre que la plupart des épouses ou compagnes de grands hommes – de Hugo à Marx ou à Freud, de Tolstoï à Picasso ou à Sartre, la liste est inépuisable – en ont vu de toutes les couleurs, ont choisi ou essayé toutes les attitudes : la résignation, l'abnégation, le refuge auprès des enfants, la fuite, la liberté au sein du couple, etc.

Le mieux serait qu'ayant admis l'importance de l'œuvre en cours, la femme élue puisse éprouver du bonheur à y voir réussir l'homme qu'elle aime. Et sache, avec intelligence, organiser sa vie en parallèle, sans chercher la compétition mais – pour ce qui est de David – jusqu'à être partie prenante dans sa lutte acharnée contre le cancer. Cette lourde affaire personnelle qu'il transforma en combat universel.

Il n'est peut-être pas encore temps de dresser le bilan de ses apports et découvertes dont tous, aujourd'hui et demain vont profiter. (Ne serait-ce que l'introduction en France des omega 3...) Or, quoique entouré par sa famille, David a dû mener pratiquement seul son combat de chercheur.

Mais qui sait si, tout au fond de lui-même, ce n'était pas ce à quoi il aspirait ?

Quelques clés, pour ceux qui savent lire entre les lignes, se trouvent dans son ultime ouvrage, *On peut se dire au revoir plusieurs fois*. On y lit des conseils qu'il se donne à lui-même : « Ne pas s'épuiser, ne pas se surmener. Trouver un calme intérieur. » Et aussi : « Toutes les relations humaines sont des occasions en or pour apporter sa pierre au bonheur d'autrui. » Et de déplorer de n'avoir pas été assez proche des femmes qui se succèdent auprès de lui.

14

Si David me faisait des confidences sur sa vie affective, je lui en faisais tout autant concernant la mienne, mais je ne peux rien révéler de ce que nous nous sommes dit : ce serait porter atteinte à des vies privées.

Bien que plus âgée que lui, je n'étais guère plus avancée. À une génération de distance, nous étions restés tous deux d'indéfectibles sentimentaux ! En dépit d'échecs notoires et de séparations renouvelées, nous continuions à penser qu'il peut exister entre deux êtres une union capable de combler les manques et de guérir toutes les douleurs. Et c'est avec un optimisme plein d'espoir qu'après chaque déception nous nous lancions l'un comme l'autre dans une nouvelle aventure…

Il y eut ainsi une belle jeune femme pour engager avec David la conversation sur le Net, photos à l'appui. Elle vivait à l'autre bout de la planète, mais, comme cela se passait au mieux entre eux, elle rappliqua. Bref voyage amoureux, inévitablement suivi d'une rupture…

De mon côté, j'avais cru rencontrer l'homme en qui je pouvais d'emblée placer toute ma confiance. C'était trop demander, du moins si vite… L'amant se défile, flot de larmes – appel à David !

Pour m'apercevoir qu'il n'en savait pas plus que moi sur les motifs qui mènent ainsi à l'erreur amoureuse. Il ne pouvait m'éclairer, n'y parvenant pas pour lui-même – seulement me dire : « Viens me voir, on va manger ensemble. On parlera… »

Tout en nous préparant une cuisine reconstituante et saine, il m'écoutait conter mes malheurs sans émettre ni jugement ni reproche (chose rare !). Il ne cherchait pas non plus à me mettre en garde contre une future tentative… Au contraire, il m'encourageait à repartir à la recherche de l'âme sœur, comme il faisait lui-même.

Non sans perplexité. Au cours d'une liaison un peu trop tempétueuse à son gré, il me demanda : « C'est normal, n'est-ce pas, qu'on se fasse des scènes quand on est en couple ? »

Dans l'incapacité, peut-être par lâcheté,

d'en faire moi-même, je lui répondis que je n'étais pas de son avis, les scènes ne me paraissant pas signe de « bonne entente », en amour. Il se tut, mais je crois qu'au fond de lui-même David, qui avait besoin d'harmonie, pensait comme moi. Cette liaison se délita d'elle-même.

À la télévision, il m'est arrivé de dire que son père était pour moi *l'homme qui venait de l'avenir*... De David je pense qu'il était *l'homme de l'essai*, de la tentative sans cesse reprise. Pas seulement en amour : il avait en tête des rêves immenses. Par modestie, il n'en faisait pas état, mais, jour après jour, il se mettait à l'œuvre pour les réaliser, évitant de se demander s'ils étaient du domaine du possible.

Il n'avait que sept ans lorsqu'il exprima le désir d'écrire un livre. Sans doute à l'imitation de son père, lequel lui répondit : « Très bien, fais-le ! Vas-y... » (Jean-Jacques m'encourageait de même, sans hésiter, lorsque je lui faisais part d'un projet, quel qu'il fût...) Ce rêve d'enfance, c'est trente ans plus tard que David s'y est attelé pour de bon avant de magnifiquement le réaliser.

Il rêvait aussi de voler et prenait des risques impressionnants pour y parvenir en kite-surf, en deltaplane, en parapente. Est-ce parce qu'il était fils d'un pilote de chasse portant ses ailes en insigne sur son blouson de cuir ? David n'arrêtait pas de se lancer dans l'espace à la conquête d'autre chose que la Terre.

15

David et moi résidions aux Portes-en-Ré lorsque, un matin de novembre, je le quittai tôt pour monter dans ma voiture et me rendre en gare de La Rochelle prendre un TGV pour Paris.

Le jury Femina, dont je faisais partie depuis vingt-cinq ans, décernait son prix, et je tenais à participer à cette séance qui clôturait des semaines de lectures et de travail.

Comme j'étais pressée de retrouver David, resté seul, j'avais pris mon billet pour m'en retourner à Ré le soir même.

Arrivée la première à l'hôtel de Crillon, je vis surgir l'une après l'autre ma dizaine de consœurs. Elles étaient sur leur trente et un, sachant que les journalistes de la presse et de la télévision allaient affluer pour s'enquérir du résultat de notre vote, et elles me parurent sous pression. Aucune, hormis Régine Deforges, ne m'adressa directement la parole, tant et si bien que je crus déceler dans leur attitude une certaine culpabilité. Mais il arrivait que des combinaisons se trament en faveur d'un candidat ou de son éditeur, sans qu'on me mette au parfum, et je ne m'en formalisai pas trop.

Nous nous installâmes à la table ronde du salon privé qui nous était réservé, face à notre couvert déjà mis. Après une dernière discussion, nous votâmes sur des petits papiers pour désigner notre lauréat. Puis, selon le rituel bien établi, nous nous apprêtâmes à déjeuner.

Un maître d'hôtel avait déjà les plats en main lorsque la présidente de l'année en cours, Diane de Margerie, s'exclama d'une voix aiguë : « Maintenant, il va s'agir de toi, Madeleine : que choisis-tu, démission ou exclusion ? »

Je crus tomber des nues ! Que me voulait-on, et pourquoi ? Elle s'expliqua brièvement : dans le dernier tome de mon *Journal d'hier et d'aujourd'hui*, paru quelque temps auparavant, j'avais laissé entendre que les jurés des prix littéraires, dont le nôtre, étaient pour la plupart « sous influence »... Jusque-là, aucune de ces dames n'avait protesté, du moins auprès de moi, au sujet d'une phrase qui n'apprenait rien à personne, comme la suite devait le prouver !

Toujours éberluée, je répondis aussitôt : « Je ne vois vraiment pas pourquoi je démissionnerais !

– Bon, alors nous allons voter sur ton exclusion… »

On connaît la suite : je fus exclue par mes consœurs à l'unanimité moins une voix ! Même par celles que j'avais contribué à faire élire et dont certaines me couvraient de compliments, oralement ou par écrit, à la sortie de chacun de mes ouvrages. C'est alors, au vu des résultats du vote qui m'excluait, que Régine, laquelle toute sa vie a lutté contre la censure et combattu pour la liberté d'expression, jusqu'à se retrouver devant les tribunaux, se leva d'un bond : « Viens, Madeleine, il n'est pas question que je reste ici : je pars avec toi ! Je t'emmène déjeuner ailleurs ! »

Régine Deforges était scandalisée que des écrivains exercent la moindre censure, les moindres représailles contre les écrits d'autrui. D'autant plus qu'il s'agissait de femmes, lesquelles savaient pourtant à quel point leurs pareilles des générations précédentes avaient souffert pour parvenir à s'exprimer librement.

La porte du salon ouverte, nous fûmes accueillies par une meute de journalistes.

Alléchés par l'incident que Régine leur relata avec indignation, ils lui donnèrent un vaste écho médiatique et, pendant des jours, on m'arrêta jusque dans la rue pour me féliciter : « Enfin quelqu'un qui dit ce qu'il pense… »

J'avais pourtant sorti bien peu de chose en bien peu de mots, mais le public, qui se régale de voir rivaliser les ego, à la saison des prix, ne se fait pas vraiment d'illusions sur la façon dont ils peuvent être attribués. Les éditeurs non plus, au demeurant, tout en profitant intelligemment de la manne qui est en jeu…

Dès que je pus m'éloigner des caméras, j'appelai le mien, Claude Durand, alors à la tête des éditions Fayard : « On vient de m'exclure du jury Femina ! – J'arrive ! »

Une fois présent, il nous invita à déjeuner, Régine et moi, dans la salle à manger du Crillon où des journalistes nous rejoignirent, micro en main. Claude, redouté pour son courage et son franc-parler, ne se gêna pas pour dire ce qu'il pensait des prix, des jurys, ni du mauvais coup que celui du Femina venait de me réserver !

Être soutenue par un grand éditeur, lequel

avait des arguments et citait des exemples, commença à me remettre d'aplomb.

Le soir, je retrouvai David qui avait travaillé toute la journée dans le calme ; il me dit à son tour après m'avoir écoutée : « C'est bien que tu n'appartiennes plus à cette comédie… Cela ne va faire que conforter ta liberté de penser et de t'exprimer… »

Comme à chaque occasion, petite ou grande, David avait les mots qui ouvrent la voie vers la lumière.

J'en fus consolée sur-le-champ[1].

---

1. En dehors de Régine Deforges et de moi, le jury Femina était composé en novembre 2006 de Diane de Margerie, Christine Jordis, Chantal Thomas, Claire Gallois, Mona Ozouf, Viviane Forrester, Danièle Sallenave, Benoîte Groult, Solange Fasquelle, Paula Jacques. Certaines d'entre elles regrettèrent après coup, mais en privé, de s'être laissées entraîner dans ce vote-là.

16

Est-ce cet été-là, ou le suivant ? David et moi fîmes une signature commune aux Portes-en-Ré. La Maison de la Presse de nos amis les Penaud avait offert de nous installer une table entre les cartes postales et les articles de plage, en un emplacement jouxtant le marché quotidien. Nous étions face aux marchands de charcutailles et de tapenade à l'odeur si réjouissante.

Dès la mise en place des étals où abondent fruits et légumes de premier choix, la foule des vacanciers se fait plus dense et ne cesse d'affluer au fil de la matinée. Enfants, chiens en laisse, bicyclettes, hommes et femmes le panier au bras, c'est un gai méli-mélo qu'accrut encore notre présence : une queue se forma devant notre table et la pile de nos livres. Mais c'était David qu'on venait voir et dont on achetait l'ouvrage à tour de bras.

À mon vif étonnement, des dames élégantes, certaines affichant sac Vuitton et foulard Hermès, se penchaient vers lui et, sans souci de ma présence, n'hésitaient pas à lui exposer leur cas. En fait, leur souffrance. J'en connaissais certaines de vue, et jamais je n'aurais imaginé que ces personnes en apparence si fières, voire arrogantes, pussent s'avouer aussi démunies… C'était le pouvoir de David : quelque chose émanait de sa personne qui faisait qu'on s'ouvrait et se livrait à lui en toute confiance.

J'aurais voulu rester discrète, mais, comme nous étions côte à côte, David et moi, j'entendais sans le vouloir des histoires de dépression, de mari abandonneur, d'enfants se droguant… David écoutait intensément et trouvait des mots non pas guérisseurs – la rencontre était trop courte – mais qui ouvraient une voie possible, indiquaient un chemin…

Il lui arrivait de noter une adresse de thérapeute sur un bout de papier, de recommander un recours au EMDR. Puis il dédicaçait son livre et le tendait à la personne avec un large sourire.

Pour ce qui est du mien, un roman, j'en vendis quelques-uns à ceux qui, faisant la queue pour David, trompaient ainsi leur attente et m'adressaient au passage quelques mots aimables. Le reste du temps, j'ouvrais *Guérir* à la bonne page, celle où on appose une dédicace.

C'est quand David n'eut plus un seul ouvrage à vendre que nous nous levâmes, au regret de ceux et celles qui auraient bien aimé s'entretenir avec lui. « Quand allez-vous revenir signer ?

– Bientôt, vous serez prévenus. »

En fait, David allait faire beaucoup d'autres signatures, dont certaines en ma compagnie, à Ré, Saintes, Limoges, avec chaque fois le même intérêt, la même ferveur de la part du public.

Entre-temps, nos comparses, Paul, Sacha, Émélie avaient fait le marché et préparé un déjeuner tel que David le désirait, avec céréales, légumes, boulgour, fruits, fromage de chèvre ou de brebis, pain d'épeautre.

Quand il en avait le temps, il faisait cuire lui-même certaines préparations, que ce soit à Ré ou dans sa petite cuisine, à Paris. Il avait acheté une machine à faire le pain, ce qui demanda de sa part une certaine adaptation, car il n'y réussit pas du premier coup, mais la boulange vient en boulangeant !

Le fait de préparer et d'absorber une nourriture qui nous ferait du bien – et non plus du mal – lui paraissait une opération capitale. Il se concentrait, ajoutait des ingrédients tels des herbes, du curcuma, du poivre gris, et, lorsque nous nous mettions à table, nous demandait de nous prendre tous par la main pour nous féliciter de la chance qui nous unissait dans le bien-être, la santé et l'amour.

Être avec David, c'était vivre dans l'harmonie avec l'entourage humain, mais aussi avec tout ce qui était autour de nous : objets, plantes, animaux, sans oublier la lumière…

17

Après sa toute première conférence aux Portes-en-Ré, David fut invité par le club Kiwanis à en donner une seconde. Elle eut lieu à Saintes où j'occupe la maison de mes ancêtres.

C'était le 23 octobre 2003. Tous les billets proposés par le club à ses adhérents furent d'avance vendus et quand nous arrivâmes à la salle Saintonge, située rue Chapsal – ainsi baptisée en l'honneur de mon grand-père Fernand, vingt ans maire de la ville –, une foule en colère nous attendait sur le trottoir. C'était ceux qui pensaient pouvoir acheter des billets sur place et à qui les pompiers, considérant la salle comme déjà surchargée, refusaient l'entrée !

Désolé d'avoir à laisser des gens dehors – il avait horreur de décevoir –, David s'adressa à eux un moment et leur promit de redonner une conférence, puis il entra assurer sa prestation.

J'étais la première étonnée par l'affluence : les Saintais sont d'habitude lents à s'intéresser à la nouveauté, et *Guérir* venait tout juste de paraître, mais le nom de Servan-Schreiber devait y être pour quelque chose.

La conférence, calquée sur celle des Portes, bénéficia dans la salle d'une excellente « sono », d'un grand écran pour projeter les vidéos, et fut suivie de nombreuses questions. David obtint d'emblée l'important succès qu'il allait désormais rencontrer partout, en France comme à l'étranger, pendant près d'une décennie.

Bien entendu, je ne me rendis pas à toutes ces réunions dont je connaissais le déroulement, chaque fois presque identique. Toutefois, l'une de celles auxquelles j'assistai m'a particulièrement marquée.

Elle eut lieu à Paris à la Mutualité. Jean-Jacques Servan-Schreiber, quoique affaibli, était présent. Ce fut un grand moment. David commença en disant qu'il était ému et fier de parler dans la salle où son père, qui était là, avait participé autrefois à d'importants meetings politiques, notamment avec Pierre Mendès France. Comme la salle se mit alors à applaudir, Jean-Jacques, assis au premier rang, se leva et se tourna vers la foule qui se leva également pour lui réserver une ovation. Nous avions tous la gorge serrée.

Notre émotion s'amplifia lorsque, à la fin de sa prestation, David nous déclara qu'il voulait lire le poème de Rudyard Kipling que tout le monde connaît, *If*, en le dédiant à son père.

Lorsqu'il en arriva au vers final, il le transposa pour lancer en direction de Jean-Jacques : « Tu as été un homme, mon père », et il éclata en sanglots.

Beaucoup des membres de la famille étaient présents, mais ils ne furent pas les seuls à tirer leur mouchoir.

C'était l'un des dons singuliers de David : il n'hésitait pas à partager avec le plus de gens possible ce qui est généralement réservé à l'intime. Ce jour-là, il avait fait état devant tous de son amour et de son admiration pour son père dont ce fut, je crois, la dernière sortie publique.

Il faut du courage pour s'exposer ainsi – « sortir ses tripes », dit-on un peu vulgairement. David allait en manifester encore plus en écrivant *Anticancer*, l'ouvrage capital dans lequel il révèle sa maladie, sa perpétuelle angoisse et son quotidien combat.

Avant de se lancer dans ce qu'on peut

appeler sa confession – en fait, un témoignage de vérité unique dans les annales –, il hésita néanmoins assez longuement.

18

Cette année-là, *Guérir,* longtemps premier sur les listes de best-sellers, traçait brillamment son chemin. Toutefois, David continuait à s'informer, ne fût-ce que pour perfectionner sa façon de vivre dont il espérait une consolidation permanente de sa santé. Cet acquis paraissait d'ailleurs se confirmer.

Ses nombreux lecteurs ne demeuraient pas passifs, mais ne cessaient au contraire de se manifester. Certains demandaient des précisions sur tel ou tel détail du programme recommandé, d'autres sollicitaient une consultation. À quoi s'ajoutaient les réactions de scientifiques, d'accord ou non, lesquels, à force d'en entendre parler et de se voir questionner, ne pouvaient s'abstenir de lire *Guérir*.

L'avalanche était telle qu'il lui fallut embaucher des secrétaires pour l'aider à répondre au courrier, aux mails, aux coups de fil, à l'envoi de livres. Un tel afflux lui permit de mesurer l'attente d'un public désemparé devant la recrudescence de certaines maladies dont, en premier lieu, le cancer.

Comme il continuait de s'informer et d'accumuler de nouvelles connaissances sur la santé et ses défaillances, il lui parut bientôt que la meilleure façon de répondre à la demande était de compléter *Guérir* par un second ouvrage.

Nous en avions discuté, son frère Franklin et moi, et nous pensions qu'il était maintenant nécessaire que David déclare ouvertement ce qu'il en était pour lui du cancer ; cela seul pouvait justifier ses recommandations et ses conseils, toujours contestés par certains.

Ce fut Franklin qui décida son frère aîné en lui disant en substance : « Qu'est-ce que tu risques ? Tu es la preuve vivante que ce que tu préconises est valable, puisque tu es toujours là ! Il faut que tu révèles ton état si tu veux être crédible et faire taire les critiques ! »

Annoncer qu'il souffrait d'une tumeur au cerveau, c'est ce que David avait jusqu'alors refusé de faire. Mais, après le succès de *Guérir* qui lui avait apporté une vaste audience, et devant la pression de tant de gens qui attendaient des éclaircissements de la part d'un médecin osant parler vrai, il dut admettre qu'il ne pouvait faire autrement.

Pour se remettre à l'écriture de ce difficile et même douloureux ouvrage, il décida de s'en retourner dans ma maison des Portes-en-Ré où il savait qu'il trouverait le calme et l'isolement nécessaires.

Toutefois, il éprouva le besoin d'être soutenu et, pour ce faire, de dialoguer avec quelqu'un. Il se souvint alors d'avoir rencontré une jeune journaliste, Ursula Gauthier, avec laquelle il s'était particulièrement bien entendu. Cette femme charmante, grand reporter pour *Le Nouvel Observateur*, l'avait longuement interviewé pour le présenter dans son hebdomadaire, avec sa photo en couverture.

Dans son portrait du jeune psychiatre et de son ouvrage, la journaliste insistait sur ce qui en était le message principal : l'importance fondamentale des rapports du corps avec l'esprit, un sujet qui, personnellement, la passionnait. Son article avait incontestablement contribué à élargir encore le lectorat de *Guérir*.

David, qui lui en était reconnaissant, estima qu'elle était la plus apte à réfléchir avec lui sur son second ouvrage, lequel devait aller plus loin encore sur l'influence de l'esprit sur le corps et la santé. Il lui fallut convaincre la journaliste – il y parvint – de lui consacrer son temps libre et tous ses jours de congé de l'année pour travailler sur son livre. Il lui proposa de venir s'installer aux Portes où je m'occupais de tenir la maison ouverte, avec son compagnon Olivier. Dès qu'elle y fut, en grande voyageuse qu'elle est, Ursula s'adapta d'emblée à notre genre de vie comme à nos menus « bios ». Ainsi qu'Olivier.

Dès le matin, David et elle discutaient des heures durant dans la pièce du haut, celle que nous nommons « le Pont », et, tout en m'activant dans la cour et au rez-de-chaussée, je percevais le son de leur voix.

Un jour, montant à l'étage alors que régnait un inhabituel silence, je les découvris tous les deux en larmes. Je m'approchai, inquiète : « Que se passe-t-il ? » David s'épongea les yeux : « Je suis en train de raconter à Ursula comment j'ai découvert que j'avais une tumeur au cerveau et comment, dès cet instant, ma vie entière a basculé... »

Ce dramatique épisode n'était jusque-là connu que d'un très petit cercle, et Ursula n'était pas au courant. L'effet produit sur elle anticipait l'émotion que cette révélation allait susciter dans le grand public.

Ce n'est pas sans appréhension que David publia *Anticancer* après l'avoir fait lire et relire par son éditeur et ses proches. Le livre débute en effet par le récit de la découverte de sa tumeur : il y relate comment, alors qu'il était chef du service qu'il avait créé, et qu'il ne présentait aucun symptôme, ni migraines ni vertiges, il s'offrit par hasard à une expérience sur le cerveau via un scanner. L'image obtenue était sans appel.

Médecin, spécialiste du cerveau, David savait qu'il n'aurait pas longtemps survécu si son mal avait été plus tardivement décelé. D'avoir ainsi miraculeusement échappé au pire, puis d'être parvenu, en modifiant sa façon de vivre, à prolonger sa rémission au-delà de pronostics sévères, l'avait convaincu qu'il devait faire savoir – d'où son nouveau livre – comment il était arrivé à différer l'échéance fatale puis à obtenir la disparition spectaculaire de sa tumeur à l'image.

Le psychiatre qu'il était avait dès le départ prévu les objections et attaques de certains de ses confrères, lesquels risquaient de juger quelque peu « légers » les régimes et exercices qu'il préconisait.

Ce qui ne tarda pas. Il fit lire aussi son

texte à d'autres cancérologues qui, en revanche, l'approuvèrent. Jamais, dans ses écrits et ses conférences, David ne mit en cause la nécessité des traitements traditionnels, si lourds soient-ils, auxquels lui-même ne cessa d'avoir recours : tous les soirs, je le voyais préparer scrupuleusement les gélules qu'il allait absorber au cours de la journée suivante. Et tous les six mois, il se livrait à nouveau à des examens radiologiques complets, lesquels, pendant dix ans, après sa rechute en 2000, restèrent négatifs : la tumeur ne refaisait plus parler d'elle.

Plus encore que sa rédaction, l'après-publication du livre fut une tâche obsédante, accompagnée d'incertitudes. Ursula Gauthier, ses trois frères, son éditeur, Nicole Lattès, son oncle Jean-Louis, pour ne citer qu'eux, en furent comme moi les témoins : David devait prendre sur lui pour s'exposer aussi pleinement.

Et si trouver un titre pour *Guérir* avait suscité bien des interrogations, ce fut pire encore pour *Anticancer* : rien que le mot « cancer » sur une couverture de livre n'allait-il pas suffire à faire fuir les lecteurs ?

Ce fut tout le contraire : le public, de plus en plus averti de la progression de la maladie en Occident, laquelle tourne à la « pandémie », avait besoin qu'on lui expose clairement les moyens actuels de lutte mais aussi – c'était le but premier de David, et il était pratiquement le seul à le faire à l'époque – de prévention.

Une fois *Anticancer* sur la rampe de lancement, David ne se tint pas pour satisfait. Encouragé par son incroyable succès, justifié dans son cas par la poursuite de sa rémission, il continua d'accroître et de propager ses connaissances sur le sujet.

L'étonnant est qu'en dépit de l'énorme travail – passages dans les médias, interviews, rédaction d'articles, conférences, incessants voyages à l'étranger – que lui imposait la diffusion mondiale du livre, il ne paraissait nullement fatigué.

Au contraire, son goût de vivre semblait s'en trouver intensifié. Son désir de profiter au mieux de chaque instant était si manifeste qu'il vous illuminait, lorsqu'on se trouvait avec lui. Tous ceux qui l'ont approché au cours de ces dernières années témoignent de ce surcroît de vitalité qu'il montrait et apportait à autrui sans sermonner ni pontifier, avec naturel et simplicité.

Car rien n'était plus ordinaire, en apparence, que l'existence que nous menions en commun. Rien non plus n'était plus exaltant, car David possédait un don précieux : il savait vivre le moment présent et le faire partager.

Il en alla de même lorsqu'il rechuta : ses trois frères, fortement regroupés autour de lui, ne purent que l'accompagner. C'est lui qui décida seul, jusqu'au bout, des mesures à prendre.

Mais, à l'époque, nous étions loin d'imaginer que cette épreuve nous attendait, nous refusions même de l'envisager tant nous étions heureux d'être avec lui dans un lieu qui en devenait édénique…

Si je me souviens si bien de ces jours pleins, je n'oublie cependant pas pour autant les moments, fussent-ils brefs, où l'inquiétude reprenait le dessus.

Ainsi celui où, pour la toute dernière fois, après avoir été seule avec lui pendant quelques jours, je l'accompagnai et le quittai sur le quai de la gare de La Rochelle.

Je n'étais pas vraiment triste, je ne voyais d'ailleurs pas pourquoi je l'aurais été, mais j'étais sourdement inquiète, car David, qui avait maigri, me semblait en butte à une pression quasi insoutenable.

Elle l'était.

19

Mon père, mes plus proches ont toujours eu du mal à lire mes livres et préféraient s'en abstenir – du moins ceux dans lesquels je me livre d'une façon intime.

Il en alla de même pour moi avec les ouvrages de David. Si j'ai pressenti dès les premières pages leur qualité et l'écho public qu'ils rencontreraient, les lire ligne à ligne m'était presque impossible, les mots glissaient sous mes yeux sans que je parvienne à leur accorder tout leur sens…

Sans doute parce qu'il y parle pleinement de sa douleur morale, et c'est ce qui nous est insupportable quand il s'agit d'êtres que nous aimons : ils ne sont pas présents quand nous les lisons, ce qui fait que nous ne sommes pas en mesure de les consoler d'eux-mêmes.

Aujourd'hui, si je ne puis pas consoler David, qui est parti, en le lisant j'entre plus avant dans sa sensibilité et sa forme de pensée si personnelles. *Anticancer* me subjugue par son étonnante liberté de ton, de style, sa façon d'aller et venir d'un sujet à un autre. L'auteur y passe de la confidence la plus personnelle à une étude scientifique chiffrée, avec statistiques, courbes, références. Puis il se lance dans des portraits, décrit de petites scènes avec dialogues, relate des cas. Ce n'est qu'une fois avancée dans l'ouvrage qu'il m'a soudain semblé saisir la cause de cette progression tous azimuts : le cancer !

Le cancer est une prolifération délirante de cellules qui ont en quelque sorte « perdu la boule »… C'est ce phénomène capricieux, non maîtrisable, souvent mortel, mais aussi guérissable, parfois spontanément, que David – le premier en cause – avait tenté de cerner.

Que se passe-t-il en nous pour que notre immunité cède et ouvre grand la porte à l'envahisseur ? Quel événement intérieur ou extérieur ?

On peut lire *Anticancer* comme un roman – il y a de l'émotion, de l'amour, de la poésie –, et même comme un roman policier : qui est le coupable ? et s'il y en avait plusieurs ? En avant pour l'enquête et la contre-enquête…

Surgissent au fil des pages d'étonnants personnages, aussi bien des petites souris de laboratoire, dont Mighty Mouse, qui résistait à tout, que des hommes et des femmes, certains admirables. David a le sens du portrait et l'on ne saurait oublier cet homme, mort heureux parce que, au dernier moment, guidé par David, il avait pu donner un sens à sa vie…

Comme David était en rémission depuis sept ans quand il écrivit *Anticancer*, lui-même pouvait se croire guéri. En tout cas, disposant encore d'une bonne tranche de vie devant lui. Or, on y voit poindre l'état d'esprit qui va s'épanouir – c'est vraiment le mot – dans *On peut se dire au revoir plusieurs fois*. La recherche de quelque chose d'encore plus fort que le bonheur ou la paix du cœur : la mise en œuvre du « lien ».

David avait besoin, c'était inné chez lui, de se sentir relié à tout ce qui est vivant.

C'est déjà manifeste dans la forme si ouverte que prend sa démarche intellectuelle, mais ce besoin de liaison pouvait également expliquer le magnétisme qui fit se regrouper tant de gens autour de lui alors même qu'il entrait dans une forme d'impuissance.

Ceux qui étaient là ne l'étaient pas que pour lui : ils apprenaient à se connaître, à s'aimer entre eux, à se pardonner si besoin était, en somme à se *relier*.

Le pouvoir politique, David Servan-Schreiber aurait pu l'exercer mieux que d'autres – ce que son père aurait voulu –, mais cette sorte d'engagement ne l'intéressait pas[1]. Ce qu'il recherchait, c'était le pouvoir fédérateur : relier les humains entre eux, mais aussi avec tout le vivant, dont la planète qui les porte.

---

1. Son éloignement d'avec le monde politique peut-il expliquer qu'en dépit de mes interventions, notamment auprès du ministère de la Santé, on n'ait pas jugé bon de lui décerner la Légion d'honneur ou le Mérite national ? « On examine le dossier, il est tout à fait valable », me répondait-on. Le temps passa, et rien ne vint. Dans son hommage à David, son oncle Jean-Louis, quoique étonné lui aussi, préféra s'exprimer ainsi : « Tu n'as pas été décoré ni cité à l'ordre de la Nation. Tu as fait tellement mieux par ton humanisme non violent. »

20

Si David n'avait pas raconté lui-même, dans *On peut se dire au revoir plusieurs fois*, comment le cancer avait reformé une tumeur au même endroit de son cerveau, m'accorderais-je le droit d'en parler ?

Mais il l'a osé le premier, avec la franchise qui fut jusqu'au bout la sienne : il n'a cessé de nous tenir informés, directement ou par l'un de ceux qui l'assistaient, sa mère, ses frères, des avancées de la maladie. Ce faisant, il a fait voler en éclats le préjugé commun qui consiste à penser que ce qui appartient au corps doit rester secret.

On sait que la loi interdit à juste titre aux employeurs de poser certaines questions sur les maladies éventuelles de leurs employés ou de ceux qu'ils souhaitent embaucher, y compris même sur les grossesses en cours... Quant aux chefs d'État, ils jugent parfaitement normal de diffuser à leur propos de faux bulletins de santé.

Sur ce terrain aussi, David s'est révélé un courageux pionnier : il n'a rien dissimulé de la sienne maladie, quitte à choquer, voire à faire souffrir ceux qui l'aiment.

Ce fut le cas en 2011. Bien des drames nous sont annoncés par téléphone. Fût-on alors de bonne humeur quand on décroche, content de reconnaître une voix familière, quelques secondes plus tard on se retrouve le cœur brisé, voix et jambes coupées. Ce jour-là, ce fut son frère Franklin, lequel faisait manifestement effort sur lui-même, qui m'annonça ce qu'il fallait que je sache : David venait de passer un contrôle de routine et la tumeur avait réapparu. C'était la troisième fois, au même endroit, et bien plus grosse. Pis encore, ce n'étaient pas les mêmes cellules : les nouvelles étaient beaucoup plus malignes.

Tout de suite, nous fûmes dans l'angoisse, mais aussi dans l'incrédulité : comment était-ce possible, pourquoi ? Il paraissait si bien, depuis la parution d'*Anticancer* et son prodigieux succès. Aurait-il lâché la barre ?

C'est lui qui tente de comprendre les raisons de sa rechute, s'il y en a, dans *On peut se dire au revoir plusieurs fois* : après s'être exposé à des stress de tous ordres : voyages, conférences, émissions de radio ou de télévision – « Le stress, de l'huile sur le feu », écrit-il –, il lui arrivait de plus en plus souvent de s'effondrer, ne tenant plus debout. Sans qu'il voulût le prendre en compte.

Si la lucidité lui manqua, c'est en partie parce qu'il était emporté par son succès et acceptait toutes les invitations en France et hors de France. Sans doute aussi pour des raisons affectives compréhensibles à ce moment-là de sa vie. Depuis longtemps, il désirait fonder un foyer et il venait de rencontrer une jolie jeune femme qui accepta de souscrire à son désir et lui fit aussitôt deux enfants.

David se permettait enfin de croire en l'avenir, confiance que renforçait la venue au monde de ces enfants à la naissance si rapprochée. Heureux, il s'est alors si bien cru « guéri » qu'il jugea moins nécessaire de prendre soin de sa santé, comme il le faisait jusque-là. Il voulait être un homme et un père de famille comme les autres !

Aussi, lorsque des malaises apparurent, se refusa-t-il à les imputer à un retour de la maladie : plutôt à la fatigue, à l'épuisement, au « jet-lag » – car il voyageait sans arrêt –, à ses nouvelles et prenantes occupations paternelles.

Il fallut l'insistance de l'entourage pour qu'il accepte enfin d'aller passer un scanner, lequel se révéla plus qu'inquiétant : une boule de la taille d'une orange compressait le lobe droit du cerveau.

David avait si fort envie de voir son bonheur familial se poursuivre qu'il voulut d'abord croire, comme d'ailleurs le spécialiste, qu'il s'agissait d'un œdème, d'un kyste, de tout autre chose que le retour du mal – hélas, c'était bien lui.

C'est alors, comme réveillé, qu'il reprit toute sa dimension : se cabrant face à l'échec, il entama avec une énergie demeurée intacte ce qui allait être son ultime combat. Sans se laisser abattre, il trouva en lui le courage non seulement de vivre, mais de raconter le déroulement des faits, dont certains cauchemardesques, dans ce qui allait être son dernier ouvrage.

C'est dans un état d'esprit combatif qu'il entra dans une longue période d'opérations, de traitements lourds, d'hospitalisations qu'il ne faisait pas qu'accepter : il les dirigeait, analysant les résultats, prenant lui-même certaines décisions. Jamais il ne perdit le contrôle de ce qui lui advenait, et, quoique handicapé, il conserva jusqu'au bout son indépendance d'esprit et sa maîtrise, forçant le respect de tous.

Vint le moment, au bout d'un chemin qui peut paraître proche d'un chemin de croix, où il dut renoncer à l'espoir de guérir. Réunissant ce qu'il conservait encore de forces, il changea alors d'objectif : ce qu'il désirait désormais, c'était « réussir sa mort ». Il en fait état dans son livre qui, à première lecture, m'a fait l'effet d'un « arrache-cœur ». Quand je l'ai repris – on doit le lire plusieurs fois ! –, il m'a au contraire donné le sentiment d'être aussi apaisant que certains évangiles. Qu'elle est belle et forte, cette entrée dans la lumière, cette renonciation pour soi à la vie terrestre alors même qu'on l'a donnée à deux petits êtres !

Quand il en vient à ne plus pouvoir tenir la plume, il n'abandonne pas pour autant le combat. Avec son habituelle sincérité, son clair talent d'exposition, il entreprend de dicter son testament spirituel dans lequel il décrit phase après phase une descente aux enfers qu'il transforme en montée vers le meilleur de lui-même.

Sans oublier un instant ce qu'il doit à autrui : c'est avec émotion qu'il rend hommage à son entourage, évoquant avec quelle rapidité, quel élan un cercle de soutien s'est formé autour de lui. Proches, famille, amis, mais aussi collègues, connaissances, soignants, une foule aimante se succède alors sans relâche à son chevet, et, de près comme de très loin, lui envoie quotidiennement des messages… Il se sent porté par ces forces conjuguées qui l'aident pendant des mois à endurer opérations, traitements, perfusions, chimios, transfusions, et leur inévitable train de douleurs.

Dès lors, il n'a plus jamais été seul. Que ce soit à l'hôpital de Cologne où il avait décidé de se faire opérer – il connaissait l'équipe, qu'il savait de premier ordre –, puis à Louvain où l'on expérimentait des autovaccins, l'un des siens était en permanence à ses côtés, couchant dans sa chambre.

Cette farandole – c'en était une – prit parfois des allures de fête. Neveux, cousins, son fils, beaucoup étaient fort jeunes, David l'était resté, et l'on m'a raconté bien des fous rires dus à toutes sortes d'incidents, de malentendus, de quiproquos, fût-ce avec les soignants, dévoués mais parlant une autre langue…

Il y eut aussi les sorties permises aux restaurants proches de l'hôpital où David manifesta un appétit de gourmet. Par téléphone, il me détaillait parfois le menu…

Quand il commença à être physiquement handicapé, il resta lucide et dirigea, en grand médecin qu'il était, toutes les procédures de son traitement, jusqu'à la dernière, à Fécamp.

Une telle agitation chaleureuse autour de lui ne signifie pas que nous n'étions pas malheureux. Mais il y avait, dans ce combat mené tambour battant, un tel surcroît de vitalité face à la mort, comme pour la narguer ! L'affirmation, démontrée heure après heure, que vivre est précieux, qu'il faut non seulement se battre pour rester vivant, mais profiter de chaque minute, en particulier pour faire savoir aux autres à quel point chacun d'eux est cher et irremplaçable.

Vers la fin, épuisé, il dormait ou sommeillait de plus en plus souvent, mais, jusqu'au bout, il réclama de la musique, dont celle de Mozart, qu'il préférait.

Ce qu'il en fut des derniers temps appartient à ceux qui les ont vécus en se relayant auprès de lui, et je ne me sens pas en droit de révéler ce qu'ils ont pu me confier. Certains de ses proches l'ont en partie exprimé avec pudeur par leurs beaux et tendres témoignages au cours des obsèques en l'église Saint-Eustache, à Paris, puis dans la petite église de Veulettes-sur-Mer.

Mais le plus fort et le plus poignant de ce qu'ils ont pu vivre avec David en ses derniers instants est leur secret. J'y vois une sorte de viatique dans l'attente que vienne leur tour de partir et – sait-on jamais ! – de le rejoindre.

Ils racontent toutefois, avec pudeur comment David a choisi, pour partir, le moment où, par exception, il était seul… avec lui-même.

Pour moi, la dernière fois que je l'ai vu, à Veulettes, sur son lit médicalisé, il me fit signe de me pencher et, de sa voix détimbrée, me chuchota des mots de tendresse et d'amour.

Son regard était d'un bleu plus profond que jamais.

« Je sais que Sacha est désormais habité par le chagrin. Chaque fois que j'entends sa voix au téléphone, que je vois son visage sur l'écran, je suis frappé par sa tristesse », écrit David dans On peut se dire au revoir plusieurs fois.

David nous a quittés en juillet et voici qu'en février Sacha exprime le désir de venir me rejoindre à Saintes pour quelques jours. (Ce qu'avait fait son père trente ans plus tôt...) À peine arrivé, comme lorsqu'il avait débarqué à onze ans aux Portes-en-Ré, il fait à toute vitesse le tour de la maison. Dans toutes les pièces, des photos des siens : Jean-Jacques avec ses quatre fils, moi avec les uns et les autres. Et partout David : sur la table du séjour, il y a ses deux livres dédicacés, plus le dernier, et une pile de journaux et de magazines offrant pour la plupart sa photo en couverture. Il s'y exprime longuement par des articles, des interviews.

Les yeux et les cheveux très bruns, Sacha dépasse en taille son père et ses oncles ; son visage est effectivement empreint d'un voile de tristesse. Le couteau est dans la plaie et je ne vais pas tenter de l'arracher. Je lui propose plutôt ce qui convient à son goût pour l'activité physique : nous nous rendons à pied, au beau marché de la place Saint-Pierre, nous fournir en légumes et fruits « bios », à consommer avec du poisson de la nuit, puis je l'emmène dans la rue Chapsal où a eu lieu la première conférence de David. Sur quoi, nous rendons visite à Eddy Lalonnier qui l'avait organisée au nom du club Kiwanis.

Eddy, ému de découvrir Sacha, lui raconte quelle curiosité et quelle affluence avaient accueilli David ! Quels vivants souvenirs il a laissés chez ses auditeurs, comme chez tous ceux qui l'ont rencontré ce jour-là.

Sacha se détend, il est étonné et content de s'apercevoir que son père est présent, même dans cette petite ville de province qu'on pourrait croire si loin des États-Unis, où David a pris son essor et où lui-même a été conçu.

« J'aime Saintes », me dit-il subitement.

Je l'entraîne avant déjeuner prendre un verre dans notre bel hôtel du Bois-Saint-Georges, ceint de son vaste parc. Nous sommes seuls sur sa terrasse ensoleillée, face aux bassins peuplés de canards.

Sacha, qui parle quatre langues – français, anglais, russe, croate –, comprend celle des animaux et me traduit ce que les palmipèdes cancanent à nos oreilles… Je repense à ce que m'avait confié Frédéric Rossif : « Si j'ai créé La Vie des animaux, *c'est qu'en tant que monténégrin je me suis senti étranger dans votre langue : seul le langage des animaux me convenait, car il est universel ! » Il doit en être de même pour Sacha qui, déraciné, vit avec plusieurs chiens et chats.*

Tout en jouant avec les canards qui viennent, confiants, becqueter dans sa main, il se met enfin à me parler de sa tristesse et de ses nostalgies. Il aimerait tant, me dit-il, que je puisse garder la maison des Portes, car c'est là qu'il a été le plus proche de David, y recevant ses conseils, encouragements, jugements, ses preuves d'amour…

Je lui remets en mémoire leurs affrontements quand il s'agissait de faire du kite-surf, fût-ce par mauvais temps, ou de prendre des leçons d'équitation ! Autre contrainte : avant le coucher, son père exigeait qu'il lise quelques pages de livres en français afin qu'il s'y perfectionne ! Au rappel de leurs tendres empoignades, Sacha éclate enfin de rire et les canards s'envolent dans un bruissement d'ailes qui ressemble à des applaudissements.

Rendu loquace, le jeune homme m'évoque d'autres épisodes de ses séjours rhétais – en dépit de son jeune âge, il a tout enregistré et regrette de n'en avoir pas mieux profité. Je rétorque : « Mais si, Sacha, vous avez vécu intensément, ton père et toi, vous ne cessiez pas de dialoguer, David a même arrêté un temps de travailler pour être constamment avec toi… D'ailleurs, il ne te quitte pas, il veille sur toi… Où en es-tu de tes études ? »

En réponse, il me confie son besoin actuel de retourner aux États-Unis avec sa mère pour y terminer ce qui est en cours, mais c'est en France qu'il veut vivre. Déterminé sans doute par le fait que son père y est né, y a écrit tous ses livres, y est mort et enterré.

Je suis touchée par ce profond attachement d'un fils à un père qu'il voyait rarement mais qui l'a formé, tout comme Jean-Jacques avait formé ses quatre fils.

Ce Sacha de seize ans que j'ai connu désordonné, agressif, sans but immédiat ni à long terme, se révèle maintenant épris de vérité, de justice, et incroyablement avide de connaissances, aussi bien en politique qu'en sciences humaines, en éthologie, en astronomie…

Il va même jusqu'à me demander de l'éclairer sur certains points de la vie de Jean-Jacques, ce grand-père qu'il a trop peu connu.

Quel changement, chez lui, jusque dans les moindres détails ! J'en suis à me demander s'il s'agit bien de la même personne : il aide spontanément à la cuisine et range impeccablement sa chambre avant de la quitter…

Il est évident que ce jeune homme encore hésitant, en manque de sécurité et de stabilité, a hérité de son père un certain goût de la rigueur, et, sans qu'il le sache encore, le sens d'une mission qui pourrait être à portée humanitaire. Sur le quai de la gare, je le sens plus serein, comme apaisé.

« Je suis heureux d'être venu », me dit-il, en montant dans le TER avec un maigre bagage : un sac de voyage et son ordinateur.

En réalité, il s'en va vers la vie avec un fabuleux trésor spirituel : celui que lui a laissé David.

BIOGRAPHIE DE DAVID SERVAN-SCHREIBER

David Servan-Schreiber est né le 21 avril 1961, à Neuilly-Sur-Seine. Fils aîné de Jean-Jacques Servan-Schreiber et de Sabine Becq de Fouquières, il aura trois frères, Émile, Franklin, Édouard.

Décidé dès son plus jeune âge à devenir médecin, il fait d'abord ses études à la Faculté Necker-Enfants malades à Paris, puis, au Québec, à l'Université Laval, jusqu'en 1984.

À Montréal, il poursuit une spécialisation en médecine interne et en psychiatrie à l'Hôpital royal Victoria, université McGill.

En 1985, il rejoint son père et ses trois frères installés à Pittsburgh, entre à l'université de Carnegie Mellon et commence ses travaux sur des applications informatiques en médecine. Il se concentre sur le cerveau et, en 1988 – il a 27 ans –, crée, avec Jonathan Cohen, un laboratoire de neurosciences cognitives cliniques. En 1990, il obtient un doctorat américain avec pour sujet de thèse les mécanismes de la pensée et des émotions.

De 1990 à 1993, il exerce comme interne en psychiatrie clinique à l'Institut psychiatrique de Pittsburgh, puis il est nommé professeur assistant de psychiatrie à l'hôpital Shadyside du Centre médical de l'université de Pittsburgh.

Après avoir publié près d'une centaine d'articles dans des revues scientifiques, donné de nombreuses conférences sur ses recherches, il est élu par ses pairs « meilleur psychiatre de Pennsylvanie ».

En 1991, il se rend en Irak avec Médecins sans frontières dont il fondera l'antenne aux États-Unis. Il se rendra plus tard au Guatemala, en Inde, au Tadjikistan et au Kosovo.

C'est en 1991, au cours d'expériences menées avec ses collègues à l'hôpital de Pittsburgh, qu'il découvre qu'il est atteint d'un glioblastome, un cancer du cerveau considéré comme foudroyant.

Après une première opération à New York, il fait une rechute et doit en subir une deuxième. Remis et rentré en France, il fonde et dirige l'Institut français d'EMDR (Désensibilisation et retraitement par les mouvements oculaires), publie des articles dans *Psychologie Magazine* et se lance dans l'écriture de son premier livre, *Guérir*, qui paraît en 2003.

Dans *Guérir,* vendu à plus d'un million d'exemplaires et traduit en quarante langues, David Servan-Schreiber recommande en tant que psychiatre des méthodes pour prévenir et soigner l'anxiété et la dépression.

Quatre ans plus tard, bénéficiant d'une rémission exceptionnelle de son cancer qu'il attribue à son style de vie (alimentation, yoga, méditation, etc.), il entreprend la rédaction d'*Anticancer*, dans lequel il révèle sa maladie et la façon dont il la soigne, tout en ayant recours à la médecine conventionnelle.

L'ouvrage, paru en 2007, se vend à plus d'un million d'exemplaires en France et se retrouve dès sa traduction sur la liste des best-sellers aux États-Unis.

En 2010, dix-neuf ans après la découverte de son cancer, David Servan-Schreiber est à nouveau victime d'une rechute. Cette fois les cellules cancéreuses sont encore plus malignes. En dépit de plusieurs opérations et traitements, il meurt à l'hôpital de Fécamp le 24 juillet 2011.

Son dernier ouvrage *On peut se dire au revoir plusieurs fois,* paru juste avant son décès et dans lequel il raconte son ultime lutte, devient très vite un succès.

Son inhumation a eu lieu dans le caveau de famille le 2 août 2011, à Veulettes-sur-Mer en Seine-Maritime.

Du même auteur :

Un été sans histoire, roman, Mercure de France, 1973 ; Folio, 958.
Je m'amuse et je t'aime, roman, Gallimard, 1976.
Grands cris dans la nuit du couple, roman, Gallimard, 1976 ; Folio, 1359.
La Jalousie, essai, Fayard, 1977 ; rééd., 1994.
Une femme en exil, récit, Grasset, 1979.
Un homme infidèle, roman, Grasset, 1980 ; Le Livre de Poche, 5773.
Envoyez la petite musique..., essai, Grasset, 1984 ; Le Livre de Poche, « Biblio/essais », 4079.
Un flingue sous les roses, théâtre, Gallimard, 1985.
La Maison de jade, roman, Grasset, 1986 ; Le Livre de Poche, 6441.
Adieu l'amour, roman, Fayard, 1987 ; Le Livre de Poche, 6523.
Une saison de feuilles, roman, Fayard, 1988 ; Le Livre de Poche, 6663.
Douleur d'août, Grasset, 1988 ; Le Livre de Poche, 6792.

Quelques pas sur la terre, théâtre, Gallimard, 1989.
La Chair de la robe, essai, Fayard, 1989 ; Le Livre de Poche, 6901.
Si aimée, si seule, roman, Fayard, 1990 ; Le Livre de Poche, 6999.
Le Retour du bonheur, essai, Fayard, 1990 ; Le Livre de Poche, 4353.
L'Ami chien, récit, Acropole, 1990 ; Le Livre de Poche, 14913.
On attend les enfants, roman, Fayard, 1991 ; Le Livre de Poche, 9746.
Mère et filles, roman, Fayard, 1992 ; Le Livre de Poche, 9760.
La Femme abandonnée, roman, Fayard, 1992 ; Le Livre de Poche, 13767.
Suzanne et la province, roman, Fayard, 1993 ; Le Livre de Poche, 13624.
Oser écrire, essai, Fayard, 1993.
L'Inondation, récit, Fixot, 1994 ; Le Livre de Poche, 14061.
Ce que m'a appris Françoise Dolto, Fayard, 1994 ; Le Livre de Poche, 14381.
L'Inventaire, roman, Fayard, 1994 ; Le Livre de Poche, 14008.
Une femme heureuse, roman, Fayard, 1995 ; Le Livre de Poche, 14021.
Une soudaine solitude, essai, Fayard, 1995 ; Le Livre de Poche, 14151.
Le Foulard bleu, roman, Fayard, 1996 ; Le Livre de Poche, 14260.
Paroles d'amoureuse, poésie, Fayard, 1996.

Reviens, Simone, suspense, Stock, 1996 ; Le Livre de Poche, 14464.

La Femme en moi, essai, Fayard, 1996 ; Le Livre de Poche, 14507.

Les Amoureux, roman, Fayard, 1997 ; Le Livre de Poche, 14588.

Les amis sont de passage, essai, Fayard, 1997 ; Le Livre de Poche, 14751.

Un bouquet de violettes, suspense, Stock, 1997 ; Le Livre de Poche, 14563.

La Maîtresse de mon mari, roman, Fayard, 1997 ; Le Livre de Poche, 14733.

Un été sans toi, récit, Fayard, 1997 ; Le Livre de Poche, 14670.

Ils l'ont tuée, récit, Stock, 1997 ; Le Livre de Poche, 14488.

Meurtre en thalasso, suspense, Stock, 1998 ; Le Livre de Poche, 14966.

Défense d'aimer, Fayard, 1998.

Les Plus Belles Lettres d'amour, Albin Michel, 1998.

Théâtre I, En scène pour l'entracte, Fayard, 1998.

Théâtre II, Combien de femmes pour faire un homme ?, Fayard, 1998.

La Mieux Aimée, roman, Fayard, 1998 ; Le Livre de Poche, 14961.

Cet homme est marié, roman, Fayard, 1998 ; Le Livre de Poche, 14870.

Si je vous dis le mot passion…, entretiens, Fayard, 1999.

Trous de mémoire, essai, Fayard, 1999 ; Le Livre de Poche, 15176.

L'Indivision, roman, Fayard, 1999 ; Le Livre de Poche, 15039.

L'Embellisseur, roman, Fayard, 1999 ; Le Livre de Poche, 14984.

Divine Passion, poésie, Fayard, 2000.

J'ai toujours raison, nouvelles, Fayard, 2000 ; Le Livre de Poche, 15306.

Jeu de femme, roman, Fayard, 2000 ; Le Livre de Poche, 15331.

Dans la tempête, roman, Fayard, 2000 ; Le Livre de Poche, 15231.

Nos jours heureux, roman, Fayard, 2000 ; Le Livre de Poche, 15368.

La Maison, récit, Fayard, 2001.

La Femme sans, roman, Fayard, 2001.

Les Chiffons du rêve, nouvelles, Fayard, 2001 ; Le Livre de Poche, 15553.

Deux femmes en vue, roman, Fayard, 2001 ; Le Livre de Poche, 15421.

L'amour n'a pas de saison, Fayard, 2002 ; Le Livre de Poche, 30120.

Nos enfants si gâtés, roman, Fayard, 2002 ; Le Livre de Poche, 30221.

Callas l'extrême, biographie, Michel Lafon, 2002 ; Le Livre de Poche, 30155.

Conversations impudiques, essai, Pauvert, 2002 ; Le Livre de Poche, 30028.

Dans mon jardin, récit, Fayard, 2003 ; Le Livre de Poche, 30410.

La Ronde des âges, roman, Fayard, 2003 ; Le Livre de Poche, 30309.

Mes éphémères, Fayard, 2003.
L'Homme de ma vie, Fayard, 2004 ; Le Livre de Poche, 30504.
Noces avec la vie, Fayard, 2004 ; Le Livre de Poche, 30615.
Un oncle à héritage, Fayard, 2005 ; Le Livre de Poche, 30709.
Les Roses de Bagatelle, Fayard, 2005 ; Le Livre de Poche, 30776.
Le Certain Âge, roman, Fayard, 2005 ; Le Livre de Poche, 30858.
Le Charme des liaisons, roman, Fayard, 2006 ; Le Livre de Poche, 30938.
Journal d'hier et d'aujourd'hui, t. I, Fayard, 2006.
Affaires de cœur, roman, Fayard, 2006 ; Le Livre de Poche, 31032.
Un amour pour trois, roman, Fayard, 2006 ; Le Livre de Poche, 31126.
L'Exclusion, Fayard, 2006.
La Femme à l'écharpe, roman, Fayard, 2007 ; Le Livre de Poche, 31363.
Apprendre à aimer, conversations avec Serge Leclaire, Fayard, 2007 ; Le Livre de Poche, 30028.
Il vint m'ouvrir la porte, roman, Fayard, 2007 ; Le Livre de Poche, 31664.
Journal d'hier et d'aujourd'hui, t. II, Fayard, 2008.
C'est tout un roman !, roman, Fayard, 2008 ; Le Livre de Poche, 31565.
Une balle près du cœur, roman, Fayard, 2008 ; Le Livre de Poche, 31940.
Méfiez-vous des jeunes filles !, roman, Fayard, 2008 ; Le Livre de Poche, 32312.

Le Bonheur dans le mariage, roman, Fayard, 2009 ; Le Livre de Poche, 32181.

À qui tu penses quand tu me fais l'amour ?, roman, Fayard, 2010 ; Le Livre de Poche, 32630.

La mort rôde, Fayard, 2011 ; Le Livre de Poche, 32778.

Deux sœurs, roman, Fayard, 2011 ; Le Livre de Poche, 32845.

Ces voix que j'entends encore, Fayard, 2011.

Mari et femme, Fayard, 2012.

L'Inoubliée, Fayard, 2013.

madeleine.chapsal@wanadoo.fr

PAPIER À BASE DE
FIBRES CERTIFIÉES

Le Livre de Poche s'engage pour
l'environnement en réduisant
l'empreinte carbone de ses livres.
Celle de cet exemplaire est de :
200 g éq. CO_2
Rendez-vous sur
www.livredepoche-durable.fr

Composition réalisée par NORD COMPO

Achevé d'imprimer en août 2013 en France par
CPI BRODARD ET TAUPIN
La Flèche (Sarthe)
N° d'impression : 3001651
Dépôt légal 1re publication : septembre 2013
LIBRAIRIE GÉNÉRALE FRANÇAISE
31, rue de Fleurus – 75278 Paris Cedex 06

31/7402/6